GOBOOKS
& SITAK
GROUP©

致青春 077

草莓印

（04）

不止是顆菜　著

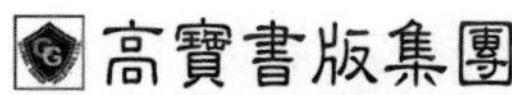
高寶書版集團

目錄
CONTENTS

第三十二章　異地戀

晚上九點，酒店。

陸星延面不改色和裴月說完「今天住李乘帆家不回來了」後，將手機關機，又精挑細選了一個正在播偶像劇的頻道，然後靠在床頭，做出一副正經模樣，等沈星若從浴室出來。

回想下午沈星若從高鐵站跑出來那一幕，陸星延的唇角還會不自覺往上翹。

沈星若說「我不想等你一年再談戀愛」時，他滿腦子想的都是——「就是她了」、「我要和她結婚」、「我要娶她做老婆！」

他無所事事的十八年光陰裡，好像從未有過那般堅定的一刻。

這家酒店浴室對床那一面是半透明的磨砂玻璃，裡面有百葉窗簾，陸星延在外面望不見裡面，沈星若在裡面卻能很輕鬆看到陸星延坐在床頭的各種小動作。

他一下子望浴室一眼，一下子又正經八百地盯著電視螢幕，沒多久又笑。

看到陸星延笑，沈星若也有點想笑，但從鏡子裡看到自己彎起的唇角，又強迫自己拉平了。

沈星若原本以為，自己理想的感情狀態是對方比自己更加成熟，兩人不需要為了一些沒有意義的小事爭執，更不會做讓對方增添困擾的蠢事。

可陸星延一下子成熟到不再挽留她，也不再蠻不講理死皮賴臉的時候，她突然覺得……很不習慣，甚至還有點類似難過的情緒。

和方景然走至檢票口的路上，她回頭看了好多次，陸星延都沒有追上來。

坐在候車區，沈星若一直在想，到底是哪裡不對。

就在這時，何思越傳訊息給她。

何思越也沒說什麼，只是分享了P大夏令營的安排給她。

可她看到「何思越」三個字的時候，忽然想通了。

如果她理想的另一半需要成熟懂事進退得宜什麼都好，那她為什麼不直接喜歡何思越？

回頭主動一次沒有想像中那麼難，至少她回頭走向陸星延，得到的是她想要的結果。

沈星若從浴室出來時，電視裡正在播男女主角擁吻。

見她出來，陸星延積極主動地坐直了身體，又揚了揚手中的吹風機，「妳過來，我幫妳吹頭髮。」

沈星若的髮質很好，不過之前燙過，保養起來會稍微繁瑣一點。

陸星延吹一下子就幫她搓一遍精油，頭髮吹到一半，沈星若感覺自己的嗅覺快要失靈了，滿屋子都是茉莉精油的味道。

「你弄太多了，你難道沒有嗅覺嗎？你聞聞這香味。」

陸星延湊近聞了聞，一臉認真，「香嗎？我覺得還行吧，沒有妳香。」

「……你正常一點。」

陸星延動作一頓，忽然關掉吹風機，親一下她的耳垂，腦袋搭在她肩上親昵地問：「我哪裡不正常了？」

他邊問，還邊抱住沈星若，往後挪了挪。

沈星若本來坐在床沿，只靠著一點邊緣，陸星延在她身後吹頭髮，兩人之間還是有些距離的。可被往後一抱，她的背脊猝不及防貼住了陸星延的胸膛，尾骨也不期然地與之相觸。

「……」

正常。

他可真是太正常了。

沈星若抿唇，按開吹風機，示意他繼續吹頭髮。

從高鐵站坐地鐵一路回到市區，兩人沒吃晚飯。

關鍵是他們也不知道急什麼，明明也不是急著上床的熟男熟女，飯還沒吃澡就先洗了。

洗完澡，沈星若也不想再出門，兩人依偎在床上叫外送。

沈星若靠在陸星延懷裡看菜單，「這些都是燒烤，你要不要加一個蛋炒飯？」

「不要，」陸星延搖頭，手從沈星若腰間繞過去，滑了滑手機螢幕，「有小龍蝦，妳不是喜歡吃小龍蝦嗎？」

「我剪指甲了，不想剝。」

「我幫妳剝。」

他將大份的小龍蝦加入了購物車。

沈星若回頭看他，忽然在他喉結上親了一下。

天降福利最為快樂，陸星延不免暗爽一把。

點好宵夜，沈星若又開始看飲料，「我想喝白桃烏龍奶蓋，但它家現在是高峰期，送過來可能不冰了。」

陸星延不假思索道：「我幫妳冰。」

說著，還往前湊了湊，一副索吻的姿態。

沈星若稍頓，「你以為自己是冰箱嗎？」

「……」陸星延想了想，死皮賴臉地說：「我不是，但我可以叫客房服務讓人送冰塊過來，總之我說幫妳冰就幫妳冰，妳先親我一下。」

沈星若從他懷裡坐起來，一把推開他的臉。

可看他做出誇張的吃痛表情，她還是往前親了他一下。

兩人沒出去，就在酒店裡待了一宿，邊吃宵夜邊看狗血天雷偶像劇，然後你一句我一句對劇的布景服化臺詞邏輯全方位吐槽。

大概是因為久別勝新婚也適用於分手後複合這個前提，兩人都覺得，這是這麼多天以來過得最開心的一晚。

深夜關燈，躺在床上睡覺，兩人抱在一起，抱得很緊。

失而復得後的欲望比以往更為熱烈，陸星延被折磨得夠慘，可他試探了兩下，沈星若拒絕的意思很明顯。

「你再動手動腳就去睡地板。」標準的雀式冷言冷語。

憋到大半夜，陸星延實在受不了了，自己去浴室泡了個冷水澡。

回來見沈星若也還沒睡，他又抱住沈星若賣慘，賣完慘還不忘問：「那什麼時候才可以？」

沈星若想了一下，「你什麼時候來P大當交換生就什麼時候可以。」

陸星延：「……」

幫自己挖坑的技術還挺厲害。

沈星若不是一定要回匯澤，但她一定要去參加P大的夏令營活動。

這件事在兩人分手前，她就和陸星延提過，那時的打算是先去歐洲畢業旅行，回來再準備去美國。

在高鐵站表決心時，陸星延說他也要去參加個夏令營。

但星大並沒有入學前的夏令營活動，沈星若也覺得沒必要一下子把人逼很緊，算了算時間，就陪他去報了個駕照考試。

沈星若在星城一直逗留到夏令營活動前夕，還和陸星延一起請班上同學吃了個飯。之後便和陸星延分開，提前體驗異地戀生活了。

要說異地戀也不是很艱難，畢竟他們有錢。

越洋電話天天打，視訊電話更不心疼，而且不過半個月的夏令營，陸星延考完駕照還揪住夏令營的尾巴坐了個飛機跑到美國找人。

沈星若的夏令營圓滿結束，陸星延的駕照考到手，最為漫長的一個暑假也在夏末秋初悄然結束了。

陸星延本來打著陪沈星若去P大報到順便宣誓一下主權的主意，可萬萬沒想到，P大和星大竟然是同一天開學。

沈星若的科系和陸星延一樣，也是漢語言文學，P大的中文系在全國乃至全世界都是一流的水準。

一開始，沈星若還考慮過P大招牌的經管系，P大經管出來的，不少都是如今商場上叱吒風雲的CEO、創始人，但經管對理科要求較高，她也不是很感興趣。

可能是因為爸媽都是藝術家出身，她骨子裡對讀書的需求其實更偏向文學和藝術。

一開學，便要軍訓。

前幾天，沈星若和幾個室友都不怎麼熟悉。

畢竟能進到P大文學院的都不是等閒之輩，古有文人相輕，在P大這種勢均力敵的環境裡，大家好像也都不願做第一個釋放善意的人。

再加上沈星若的個性和她的氣質是如出一轍的清冷，讓她主動和人親親熱熱當好閨密還不如讓她主動和陸星延睡一覺。

直到沈星若接到作為新生代表，在文學院開學典禮上演講的任務，她的幾個室友才稍稍側目。仔細一問，才知道她是今年星南省的文科狀元。

有話題作為契機，幾個小姑娘夜聊一宿，關係親近不少。

不管大家都是什麼等級的學霸，聊著聊著好像總避免不了聊到感情問題。

宿舍年紀最大的蘇姣先打開這話匣子，「欸妳們有沒有談過戀愛，昨天我看經管系隊伍裡有幾個男生好帥！」

「沒有，我們學校是軍事化管理的，談戀愛會被開除。」

「我高一偷偷談過，但很快就分了，嘴都沒親上呢！」

「嘴都沒親那不算！」蘇姣笑，「星若，那妳呢，我看妳肯定也沒談過。」

「誰說的，就這幾天我看到法學院那個何思越和星若一起吃過好幾次飯了！星若，他是不是妳男朋友呀？」

「不是，他是我高中班上的班長。」沈星若邊和他們聊天邊和陸星延傳訊息。

蘇姣：「我就說吧，星若一看就好難追，我要是男生我根本都不敢追。」

她話音剛落，沈星若忽然從床上坐起來。

蘇姣好奇，「星若妳要去幹什麼？」

沈星若邊穿鞋子邊說：「我男朋友打電話來了，我去洗手間接一下。」

全寢靜默三秒，然後爆發「啊啊啊啊」的尖叫聲。

同樣是開學，陸星延在星大適應起來就輕鬆很多。

明禮有不少老同學都考上了星大，就連李乘帆和趙朗銘都上了國際部。

而且大學環境對陸星延這種會來事又長得帥的男生來說其實是很友好的，文學院好幾個學姐跑來找陸星延，遊說他進學生會。

為了給沈星若一點危機感，陸星延開學後和她打電話總要播報一下自己受歡迎的程度：

「今天晚上唱歌，我們旁邊不是舞蹈學院的隊伍嗎？然後有個舞蹈學院的妹子對我唱『對面的帥哥看過來』，而且唱完歌人家還跑來要聯絡方式，我當然是義正言辭地告訴她我不給，我有女朋友了。」

「沈星若我跟妳說，妳真的不知道妳男朋友有多受歡迎，妳要有點危機……」

「喂？喂？沈星若？」

陸星延還沒炫耀完，電話突然被掛斷了。

他愣了三秒，正在想自己是不是又玩過頭了，忽然收到沈星若傳來的一張圖片。

他點開，乍一看以為沈星若拍的是花店。

緊接著沈星若傳來語音，說：『這是我開學以來收到的花，而且只是別人透過我室友送到寢室的，當面送的我都沒收，本來不想告訴你讓你有壓力，不過現在看來你好像也沒什麼壓力，哦對了，昨天還有一個男生在宿舍樓下堵我，我都說我有男朋友了，他不信，硬要送項鍊給我。』

陸星延：這他媽能忍？

陸星延深覺失策，他沒能讓沈星若有危機感，自己倒是一下子變得挺危機的。

晚上他一直傳訊息給沈星若，讓她不要理這些神經病，還要她把這些神經病都記下來，等他去P大再找人算帳。

另外他又朝沈星若表決心，說自己已經把手機桌面換成兩人的合照，也和宿舍的哥們說了自己有女朋友不要亂介紹，他自己也會為她守節絕對不會沾花惹草多看別的女生一眼。

陸星延，從身體到心靈，都完整地屬於沈星若！

睡覺前，陸星延還在囉嗦，『我在網路上看到說，在手上綁一個髮圈，就代表這個男生已經有別的主人了，我明天就去買一個戴上，買那種有蝴蝶結的。』

沈星若躺在被窩裡忽然翹了一下唇角，想了想，有樣學樣地回覆道：『那我明天去買一個戒指戴在中指上，這樣就代表我已經是別人的主人了。』

沈星若很少說這樣的話，傳出去之後她自己的臉都莫名其妙地熱了熱，有點像是撒嬌，她實在不習慣，又按了撤回。

可陸星延立馬就傳了一張截圖過來，『撤什麼撤，我都截圖了！妳明天就去買了戴上先應應急，等我來了再帶妳去買情侶款的！』

星城和帝都不算太遠，飛機、高鐵都很方便。

軍訓結束後的週末假期，陸星延去帝都看沈星若。

他早上八點出門，到P大剛好十二點，兩人一起吃了個午飯。

這次來，陸星延不是為了卿卿我我，而是為了——長久的卿卿我我。

他從陸山那要到了一間帝都的小公寓，離P大很近，很適合兩人週末膩在一起。

陸星延覺得自己這輩子做過最正確的一件事，就是在升學考作文裡吹捧陸山一番。

自從陸山看過他那篇作文後，對他那叫一個和顏悅色慈愛有加要什麼給什麼。

本來為了要房子他還編了好多理由，可沒等用上，陸山就大手一揮，爽快地答應下來，交給祕書去辦了。

而且陸山還主動關心了一下他的駕照考試進度，得知他已經拿到駕照，陸山二話不說給了他一張卡讓他買車。

剩餘的則美名其曰：「你也上大學了，應該擁有一點自己可以獨立支配的資金，拿去花！」

其實在陸星延的認知裡，他爹就是個在外威風八面，在家一言不合就會被趕去睡沙發的妻奴。

所以拿到卡後他其實沒抱什麼希望，總覺得他爹說得豪爽，實際給的錢大概只夠買輛桑塔納（Volkswagen Santana）。

從金盛大廈出來，陸星延閒著沒事查了一下卡內餘額，然後他站在路邊捧著手機，傻眼了。

他從小就知道自己家挺有錢的，但他發誓，他這輩子都沒見過這麼多錢。

緊接著他迷茫了，完全不懂自己此前十八年為什麼要屈服在裴月的淫威之下做小伏低，以至於念高中拮据地領著每月五千塊的生活費養一個沈星若日子就過得緊緊巴巴。

如果他早點醒悟過來，抱住家裡真正人傻錢多還愛散財的那根粗大腿，他豈不是早就成為了一個貨真價實的富二代迎娶沈星若走上人生巔峰了嗎？

陸星延回頭看了金盛大廈一眼，然後鄭重其事地傳一則訊息給他的老父親：『爸，父子之情濃於血，我永遠愛你。』

其後還附送了一個親吻的貼圖。

當然他並不知道，自己這有感而發的一則訊息又直接導致他的老父親睡了三天沙發。

他姑姑一直住在帝都，爺爺陸雁之也在某軍區大院裡頤養天年，逢年過節都要去探望。

陸星延對帝都並不陌生。

到帝都後，陸星延和沈星若在商場簡單解決午飯，又在樓下珠寶專櫃挑了情侶戒指，然後就去小公寓打掃衛生了。

一個成熟且優秀的男朋友，當然是自己的事情自己做，女朋友的事情搶著做。

一進屋，他就將尊貴的女朋友大人請到沙發上看電視吃零食，自告奮勇承包了整間屋子的清潔衛生。

可沈星若好像完全沒有被感動到。

凝視他一陣子，沈星若說：「發什麼神經，你會做什麼。算了，你就掃掃地吧，不要在這裡礙手礙腳。」

陸星延：「……」

他老老實實拿起掃把，開始掃地了。

可掃著掃著，他忽然想起高二時被安排和沈星若一起當值日生，莫名其妙地笑了一下。

「笑什麼笑，快點掃，我要拖地了。」沈星若舉著還沒拆包裝的新拖把，推了推他。

「不是，妳還記不記得妳剛到明禮時，我們不是一起當值日生嗎？」陸星延像是想起了什麼好笑的事，揶揄得繪聲繪色，「妳那臭脾氣，我兩次沒打掃，妳又是要給我墳頭點香又是鋪了一操場垃圾教我做人的，可真是要被妳厲害死了。」

現在想想，當時他那暴躁脾氣竟然沒把沈星若揍一頓……大概也是開了天眼早早預料到這是他的愛與責任了。

他還想再說幾句誇讚一下自己多麼有先見之明，沈星若就垂著眼，邊拆拖把邊冷冷開口：「你不提我差點忘記了，你故意不打掃砸我籃球還說我裝，帶著一幫狐朋狗友搔首弄姿可真的是很洋氣呢。」

陸星延：「……」

「哦對了，學校裡陸大少爺瀟灑不羈威風凜凜的傳言也還不少，什麼和人打架把人打到骨折灰溜溜退學，什麼國中一年級就開始談戀愛女朋友一週一換，還有花三萬買七中女生的初夜？」

「這些傳言沒憑沒據也就算了，我在學校禮堂那還聽到許承洲說，你玩真心話大冒險的時候，親口說喜歡陳竹。」

「學校同學也說你們一起去看了演唱會，還一起去海邊沙灘度假，您的感情經歷可真是轟轟烈烈豐富多彩感天動地，不知道我在您心裡的白月光朱砂痣還排得上號嗎？」

沈星若模仿陸星延的口氣，不帶停頓地翻出了一堆成年舊賬。

翻完，她還輕飄飄地覷了陸星延一眼。

「不是！」

「我沒有！」

「妳什麼時候聽許承洲說的？他這是造謠！」

「造我的謠？我看他也是活膩了！妳等著，等著看我怎麼教訓他，我真的是清白的！」

陸星延很傻眼，下意識否認三連完，他馬不停蹄地打視訊電話給許承洲。

許承洲早就知道升學考無望，高三開始讀雅思，暑假勉強過了語言要求，去澳洲還要念一年語言學校。

他申請的學校聽他吹噓好像在全澳排名挺靠前，但在陸星延看來，他不認識且能收容許承洲的大學都可以統稱為鳥蛋大學。

果不其然，許承洲在澳洲的不知名鳥蛋大學過得很快樂。

反正一起去那邊的也是一群不學無術富二代，大家在雅思班結下了酒肉之誼，到了澳洲脫離家人管束更是玩得風生水起。

陸星延的視訊電話打過去時，許承洲正戴著大墨鏡開敞篷車撩妹，才沒功夫理他。

陸星延打了三次都沒人接，一邊拉黑許承洲一邊親自上陣和沈星若解釋。

等他磨破嘴皮子解釋完自己那些陳年黑歷史，沈星若還頗為貼心地遞上了一杯水，「渴了嗎，先喝點。」

果真是親女朋友，陸星延忽然有那麼一滴滴感動。

「喝完繼續，我覺得理由不夠充分。」

陸星延：「……」

異地戀的第一個探班週末，陸星延過得既心酸又甜蜜。

不得不承認，沈星若是個很聰明的女生，念書念得好，談戀愛也很遊刃有餘，總能把握好磋磨他的那個度，壓迫他的同時也讓他像個受虐狂一樣欲罷不能。

陸星延單週的週一只有下午四點有一節課，所以他買了週一上午十一點多的返程機票。

沈星若一早有課，從他懷裡醒來時，動作刻意放輕。

昨晚兩人很晚才睡。

畢竟是熱戀小情侶，睡在一起不發生點什麼實在說不過去。

她堅持不做，放了個餌讓陸星延努力讀書爭取來P大交換。

但陸星延也學聰明了，不做就不做，那退一步用五指姑娘總該同意。

——她同意了。

鬧到半夜才睡，沈星若從床上坐起來，還覺得腦袋輕飄飄的。

回頭看了陸星延一眼，她俯身，在陸星延唇上輕輕地啄了一下。

本想啄完就起床洗漱，可陸星延忽然笑了一聲，睜開眼把她摟了回去。

「偷親算什麼本事，來，我醒著，親吧，多親幾下。」

一大早，他的聲音有點慵懶，眼睛很快又半闔上，一副享受的表情。

沈星若倒沒覺得不好意思，她的男朋友還不是想怎麼親就怎麼親，於是很大方地又在他唇上親了三下，把他的火都親起來了。

沈星若見好就收，「我還要去上課，你可以再睡一下，但別睡過頭了。」

「嗯。」

陸星延這次很神奇，沒黏黏糊糊不放她走，也沒爬起來要和她一起出門。

沈星若去學校的時候，還覺得有點不習慣。

週一第一堂是文學概論。

這是一門能把教科書說成「按照課程標準編寫主要用途在於教學符合國家出版規範的紙質印刷品」的學科。

即便這門課程的主講老師是學術圈赫赫有名的老教授，也不能改變它無趣且枯燥的事實。

教室裡的學霸們都很安靜。

大家都是升學考獨木橋的倖存者，自當有王者風範。

難道當年學國文、數學、英文、社會是因為喜歡嗎？

不是，是學霸的本能。

所以面對這種無趣且枯燥的課程，大家也未曾驚慌，反正聽得懂就聽，聽不懂就背，讀書千遍其義自見嘛，都背下來了，怎麼樣也能懂個一半了。

沈星若到大學也不改高中時期的作風，總能精準壓線走進教室。

她的室友知道她週末和男朋友出去住，可能很晚才能來，所以幫她占了前排座位。

但文學院的學霸都很有個性，座位還沒坐熱，就有個男生上前，藉占座位問題長篇大論發揮了一番，把沈星若的室友轟炸得無言以對，眾目睽睽之下，只能默默將占位的書挪開了。

好在沈星若不挑，前排後排都無所謂。

她從後門進，隨便找了個靠走道的空位坐下。

她旁邊的女生叫柳靈，兩人雖然不同寢室，但軍訓時站在一起，關係還不錯。

見她坐過來，柳靈笑彎了眼，還很八卦地小聲問了句，「聽妳們寢室的蘇姣說，妳週末和男朋友出去住啦？」

沈星若點了一下頭。

「妳和妳男朋友是異地對吧？大老遠跑來看妳，妳男朋友對妳真好！」

沈星若沒說話，但很快又輕輕地點了一下頭。

她也覺得陸星延對她很好，而且是那種沒有原則的好。

也是因為知道他對自己好，所以她才會仗著這份好與喜歡，在他面前毫不收斂。

——有人寵的時候，女孩子好像都會特別放肆。

大學上課和高中不太一樣，一般都是兩小節連在一起，上同一門課。

文學概論的第一節上到一半，沈星若覺得很不自在，總感覺班上同學都有意無意在打量她。

並不是她自戀，從小就活在別人的關注之下，出門逛街都有不低的回頭率，對打量的目光尤為敏感。

趁著教授在寫板書，她輕聲問旁邊的柳靈：「我怎麼了嗎？為什麼大家都看我。」

柳靈這節課聽得有點昏昏欲睡，強打精神仔細看了沈星若兩眼，整個人忽然清醒了。

她的目光停在沈星若脖頸間，耳朵也不自覺地紅了紅，「草、草莓印。」

她不好意思地用筆隔空指了指位置。

沈星若和她借了面小鏡子，一看，還真的有。

這麼深的印子，陸星延顯然是故意為之，也不知道什麼時候弄的。

沈星若盯著看了兩秒，放下鏡子，又拆了頭上髮圈，散開頭髮擋了擋。

沒過一會兒，沈星若感覺後面有人在拉她頭髮，她忙著看書，也懶得轉身。

可身後之人越發過分。

她回頭，正想發作，卻見陸星延穿了件情侶衣，正坐她後座嬉皮笑臉，還晃了晃手中他買的粉色蝴蝶結髮圈。

老教授熱衷寫板書，陸星延往前湊近，用氣聲說：「妳轉過去，我幫妳綁頭髮。妳頭髮也太亂了，出門是不是沒梳，沈星若妳的習慣真的很差，早兩分鐘起床不行嗎？」

沈星若深深睇他一眼，從他手裡搶過髮圈，一言不發轉了回去。

陸星延愣了兩秒，揪住她的衣服帽子往後扯，「我錯了，我說錯了。其實妳不梳頭髮也好看，妳本來就漂亮，然後又有氣質，不梳頭也很有那種文藝片裡站在海邊吹風的淩亂美隨性美。」

沈星若默了默，從陸星延手中搶回帽子，轉過身，還特地往前坐了坐，讓陸星延碰不到。

「……」

他又做錯了什麼，難道是馬屁拍得不夠響亮不夠深刻嗎？

第三十三章　有福氣

好不容易熬到第一節下課。

「沈星若、沈星若？」

陸星延起身，拉住沈星若的衣服帽子。

沈星若終於回頭了。

陸星延本來是想跟沈星若好好解釋解釋，奈何想作怪的心根本停不下來，就那麼靈機一動，他順勢將帽子往前一扯——蓋住了沈星若的腦袋。

沈星若穿的衣服雖然是簡約的純黑款，但帽子上卻做了貓耳朵的設計，戴上後貓耳朵垂著，左右還有三根鬍鬚，有點萌萌的。

陸星延不自覺翹起了唇角。

其實他面上還算鎮定，只不過內心卻在瘋狂哈哈哈哈哈，順便瘋狂ＯＳ：我的女朋友到底是什麼冷面小可愛！這樣的小可愛只能我一個人擁有！

好在陸星延最近學會了見好就收，捉弄三秒就快速鬆手。

沈星若面無表情地褪下帽子，冷刀子嗖嗖地往他臉上飛。

坐在一旁的柳靈看到陸星延，忍不住小聲問了句，「星若，這是妳男朋友嗎？」

他們穿著一模一樣的黑色衣服，中指上還戴了銀色素戒，不是情侶都說不過去。

沈星若沉默片刻，點了點頭。

陸星延要的就是這個效果，一瞬間通體舒泰。

他看了柳靈一眼，招呼道：「妳好，我是沈星若的男朋友，妳是她的室友嗎？」

「若若她脾氣不是特別好，希望平時妳能多多包涵，多多照顧，麻煩了。」

陸星延看上去並不是那種很好接近的男生，說話這麼客氣，柳靈還有點驚訝。她連忙擺手應聲，「沒有沒有，我們不是室友，但、但星若挺好的，軍訓的時候都是她帶著我一起跑步，不麻煩不麻煩。」

沈星若的三個室友都坐在前排，下課一、兩分鐘的功夫，大家都知道她男朋友來了，她們也適時跑過來圍觀。

上高中時，陸星延經常踐踐的的不怎麼理人，再加上學校裡那些個傳言，導致很多女生都有點怕他。

但他願意和人結識的時候，總能表現得千好萬好。

不過來回幾句話，他就給沈星若的室友們留下了不錯的印象。

還特別有禮貌地說什麼，這次來得匆忙時間不夠用，下次來一定請她們吃飯。

說來也很神奇，他在沈星若面前和隻傻鳥似的，面對沈星若的室友、同學，分寸倒是拿捏得不錯。

禮貌有餘親近卻不足。

和她們說話時，他一直保持著「我已名草有主」的得體距離，還時不時對沈星若做親暱的小動作，沈星若對這點莫名滿意，剛剛想要教訓他的那些念頭也都不知不覺歇下去了。

其實陸星延這次過來，除了共築愛巢，另一個主要目的就是宣誓主權。

奈何這兩天住在校外，他連沈星若的同學都沒見到半個，所以才一大早爬起來，鬼鬼祟祟跟蹤沈星若，一路尾隨到課堂上。

既然目的已經達成，陸星延也沒打算多留。

沈星若送他下樓。

初秋的陽光不比盛夏時節那般濃烈，沈星若在身後幫他拉書包拉鍊，還不忘囑咐。

「身分證別丟了，飛機餐不好吃的話，落地後再吃點別的。」

「到學校了傳訊息給我，好好上課。」

「對了，我之前和你說過，我參加了學校裡的樂團，今晚應該要訓練，可能接不到你的電話，如果沒接的話你就別打了，等晚一點回寢室我再打給你。」

陸星延懶洋洋地敬了個禮，「遵命。」

書包拉好了，他又回過身，捧著沈星若的臉，鼻尖對著鼻尖，再湊近，在她唇上親了一下。

「那我走了，記得想我。」

他聲音慵懶散漫，聽起來還有點撒嬌的感覺。

沈星若耳根有點紅，一本正經地催，「快走吧，我也要回去上課了。」

陸星延往後退了退，給她飛了個吻，一步三回頭地走了。

陸星延這一趟來得不虧，收穫了沈星若室友一波好評的同時，班上其他同學也討論了一整天他和沈星若。

四捨五入就等於想追沈星若的人都知道，她已經名花有主了。

沈星若的各方面條件，在P大這種群英薈萃的學校裡也算得上十分出眾。

主要是她長得好看氣質又很特別，往人群裡一站，就是註定不是會被忽視的那一個。

除了外班外系，他們自己班上也不少男生對她有好感。

這次見了陸星延，班上有些男生很不服氣，覺得他一副玩世不恭的花花公子模樣，一看就不是什麼正經人，完全配不上沈星若。

而且還暗暗覺得失望，沈星若竟然也是會被皮相迷惑的女生。

不過女生們看人的角度和男生們不太一樣，她們覺得沈星若和陸星延真的是太配了！完全就是金童玉女郎才女貌一對璧人！

晚間幾乎每個女生寢室都在說「沈星若的男朋友也太帥了」、「兩個人真的超級配！」

還有女生也是異地戀，豔羨地說：「她男朋友對她也太好了，這才開學多久，就跑過來了，我感覺我和我男朋友遲早要分，前兩天我問他什麼時候來看我，他說高鐵站離他們學校好遠，最近機票又很貴，快把我氣死。」

這些私底下的議論沈星若不太清楚，陸星延走後大半天，她心裡都空蕩蕩的。

記得小學、國中的時候，每至開學，都會有好長時間悶悶不樂，沒想到異地戀的第一次分別，竟然也有類似的感覺。

最後一絲屬於夏天的風悄然飄走之後，天氣漸漸轉涼，秋的味道開始變得濃烈。

隨著對大學生活的逐漸適應，分別的失落也在慢慢消退。

只要學校沒有額外的活動安排，沈星若和陸星延每個週末都會見面。

他們這戀愛談著談著，也不知不覺養成了一些習慣。

好看的電影一定會積攢著等到見面一起看，好吃的店也一定會等見面時帶對方去吃。

聊天記錄裡，則充斥著沈星若分享的各類書籍還有陸星延分享的各種搞笑影片。

所謂喜歡，大概就是想和對方分享自己喜歡的一切，並且堅定不移地相信，對方也一定會和自己一樣喜歡。

兩人週末見面也不全是陸星延飛帝都，很多時候沈星若也會回星城，只不過她每次回星城行程很多，總是會順路帶禮物去看裴月、陸山，偶爾還會和已經到明禮上學的方景然見個面。

說來也巧，今年王有福重新帶高一，剛好帶的是方景然的班。

方景然說，他們王老師隔三差五就拿「你們是我帶過最差的一屆學生」作為訓人的開端。關鍵是王有福說這話特別有底氣，說著說著就能拿「他上一屆班上出了個文組狀元」和「班上最不學無術的學生都考上了星大」作為依據。

而且陸星延上大學後改邪歸正，竟然和王有福還保持著虛假的師生情誼。

星大和明禮隔得不遠，王有福弄了張他的課表，然後又透過他，弄到了其他在星大念書的一班同學的課表，三不五時就叫他們到學校監考改試卷。

新生們也就經常看到王有福口中的這個論據在明禮移動行走。

秋天過了，冬天又悄然來臨。與此同時，大一的第一學期也不知不覺走到了尾聲。

沈星若和陸星延念的是同樣的科系，所以到了期末，兩人也可以遠端同步複習。

只不過這同步複習，讓陸星延感受到了久違的，被沈老師支配的恐懼。

『你寒假也別想著出去玩了，找個英語補習班和高中生一起補習吧，我看你明年考過中級檢定都難。』

檢查完陸星延的英語，沈星若又檢查現當代文學，『《沉淪》沒看過，〈春風沉醉的晚上〉也沒看過，郁達夫你都不看，那你念什麼中文系。』

陸星延妄想狡辯，「郁達夫的東西寫得太色情了，我是個正直的寶寶。」

沈星若抬眼覷他，『有你的科學發展觀和三農思想（農村農民土地一體思想）色情？』

陸星延：「……」

『你這樣還想交換到P大？你是打算讓陸叔叔捐大樓給星大賄賂出個名額嗎？我看你就當一輩子的處男好了。』

說完，沈星若冷冷地掛了視訊電話。

好巧不巧，陸星延的室友剛洗完澡從浴室出來。

平日陸星延在寢室最愛做的事情就是秀恩愛，寢室裡的兄弟雖然沒見過沈星若本尊，但她的照片沒少見，而且兩人視訊時，大家也經常亂入。

對於沈星若這種等級的女朋友，大家只有羨慕，沒有二話。

可關鍵是，陸星延平時言語間總透露出一種經驗豐富的優越感。

乍一聽視訊那頭沈星若訓話，他室友先是一怔，而後又像是發現了什麼寶藏般湊上前問：

「不是吧延哥，你還是處男啊？」

陸星延：「……」

「那你隔三差五跑到P大看女朋友還真的是看女朋友，字面上的那個看，是吧？」

陸星延：「……」

「噗——」室友一個沒忍住，笑出了聲，「哈哈哈哈不行對不起啊延哥，我憋不住了哈哈哈哈哈哈哈，我要笑岔氣了！」

「怎麼沒笑死你，你懂個屁，這叫情侶間的情趣。」陸星延強行雲淡風輕。

「哈哈哈你別欺負我沒談過戀愛，哈哈哈哈哈難道你和你女朋友都是互稱處男、處女嗎？」

「處女，我想你了。」

「處男，我也想你了。」

「這樣？」

「哈哈哈哈哈真是絕了，不行不行……我他媽哈哈哈哈我笑到肚子痛！」

陸星延：「……」

和一群能考上頂尖大學的男生做室友也太辛苦了，一點都不好唬弄。

由於同步複習檢驗出的學習成果不佳，一月份的雞雀會面機會被沈老師單方面取消了。

眼看就要元旦，陸星延想，元旦三天小長假兩人還是可以見個面吧，還可以一起去熱門景點跨個年什麼的。

一月份不見面也就不見面了，反正P大一月中旬就會放寒假。

可沒想到他剛在訊息上提出元旦去帝都，沈星若冷冰冰扔回兩個字，『不行。』

他覺得不可思議，還據理力爭說長久不見面會影響情侶感情，並空口畫餅，描繪一起跨年倒數看煙火的浪漫場景。

沈星若剛好從圖書館出來，手機聲音打開，訊息的提示就響個不停。

北方太冷了，冷得她整個人都有點生理不適月經失調。

雖然室內溫暖，但一出門，身體的各個部位好像就冷硬得能直接掰下來當標本。

她從手套裡伸出一根手指，按住語音鍵，說：「你是不是覺得期末被當也挺浪漫的？你不要廢話了，有這個時間多看兩本書。」

「對了，我剛剛在圖書館寫了一份元旦三天假期的複習計畫，你和我一起執行。」

陸星延：『……』

陸星延：『沈老師。』

陸星延：『元旦妳一個人跨年是多麼寂寞？』

沈星若：「我不寂寞，不是還有你跟我一起複習嘛。」

陸星延：『……』

陸星延：『妳的喪心病狂刁鑽嚴苛相跟高中時比簡直是有過之而無不及了。』

沈星若沉默。

陸星延：『真的不再考慮一下？』

沈星若：「我喪心病狂刁鑽嚴苛，不用考慮了。」

陸星延：『（我中箭了需要妳親親才能起來.jpg）』

陸星延：『（我不聽我不聽.jpg）』

陸星延：『（心如死灰.jpg）』

沈星若只露出一對眼睛，下半張臉藏在圍巾後面，看陸星延傳來的這一波梗圖攻擊，唇角不自覺地往上彎了彎。

但她很快又拉平了，冷漠地回了一個「NO」的兔子貼圖過去。

陸星延：『妳狠起來怎麼連自己都虐？』

陸星延：『（卑微.jpg）』

陸星延好說歹說磨了兩天，沈星若的態度絲毫沒有鬆動，他也懶得再磨了。

因為他坐在教室裡，忽然靈光一閃，想通了！

——腿就長在他身上，他非要去難不成還去不了？

他當機立斷買好機票，並一頭鑽進圖書館，開始看沈星若安排的那些文學作品。

他是這麼想的——自己先斬後奏去跑去帝都沈星若說不定會生氣……不，不是說不定，是肯定會生氣。

即便她內心是高興的，表面肯定也會一本正經面無表情地罵他，畢竟說一不二雀骨崢崢的高冷人設不能崩。

那麼作為一個成熟懂事的男朋友，總要拿出點認真讀書的態度讓她消氣，或是當個臺階順著下了。

嗯，沒錯，就是這樣。

想到這，陸星延還為自己的貼心和面面俱到感動了一下子。

其實說實話，讀書成果不佳也不能怪他上課摸魚。

實在是漢語言文學這樣的科系，對他這種過往十八年都沒什麼積累，「荼蘼」都能念成「茶靡」的人來說，太過吃力。

他這學期上課還挺認真的，只蹺過選修大課和通識大課，必修專業課一節不落，偶爾還樂於助人早起早到幫室友占個座位。

但沒辦法，有些課聽起來真的是讓人滿臉茫然，老師上來就一句，「我的課大家可以放鬆一點啊，不用全都跟著書本走，照本宣科有什麼意思。」

不等人放鬆，緊接著話鋒一轉又說：「那今天我想先聽大家談一下，你對金聖嘆的小說評點有什麼看法。金聖嘆大家都知道吧？」

下面齊答：「知道。」

陸星延：？？？

不，老師。

我不知道。

我只知道《繼承者們》（韓劇）的男主叫金嘆。

——所以坐在圖書館裡看書，他整個人也是萬分痛苦的。

打著呵欠快速翻完一本文學名著，他學聰明了，乾脆放下書，直接在網路上找故事梗概和文裡的名句，然後羅列下來濃縮默記。

很快，他就看完了「一個去日本留學的猥瑣男打飛機偷窺樣樣不落偏偏在喜歡的姑娘面前膽子比雞仔還小怎麼都不敢表白最後自殺了」的故事。

還有「一個少女被迫嫁給喜歡的人的殘疾哥哥然後在絕望中悄悄出軌小叔子生下孩子並逐漸成為隔三差五磋磨女兒和兒媳婦的變態中年婦女」的故事。

他心裡還默默感嘆了句，現當代文學真是博大精深。

元旦假期即將到來的時候，陸星延收拾好行李，準備去帝都。

與此同時，沈星若也買好了回星城的機票，在寢室整理行李箱。

其實P大社團為了跨年，準備了一場小型的音樂會，她加入的樂團還是音樂會的主力軍。

可在節目排練之前，她和團長說自己不參加了。

團長很不解，團裡小提琴手只有多的沒有少的，每次排練節目都要爭名額，幹嘛要主動放棄，能加兩個綜合分呢。

沈星若只回了一句，「我要和我男朋友一起跨年，而且我的綜合分已經加滿了。」

團長：「……」

OK，去吧。

元旦假期的前一天中午，陸星延和文院學生會的一起在外面吃飯。

沈星若打電話給他。

先是聊了些有的沒的，而後不動聲色問到正題，『你晚上打算做什麼？』

陸星延邊看菜單邊面不改色道：「能幹什麼，妳不是幫我安排了讀書任務嗎，當然是在寢室好好讀書天天向上。」

沈星若「嗯」了聲，『那晚上我們一起複習，你先吃飯吧。』

陸星延掛斷電話，悄悄地鬆了口氣。

有男生揶揄他，「學弟，豔福不淺哪，女朋友查崗查這麼緊。」

陸星延漫不經心地笑了聲，「黏人，沒辦法。」

席間又是一陣起鬨。

男生在文學院本就稀少，像陸星延這種長得帥的更是受寵，軍訓時不少學姐想拉他進學生會。

他本來沒有想要進，還是沈星若建議他試一試、鍛煉一下處理事情的能力他才進的。

他平日和學生會的來往不算密切，沒什麼必要的活動一般都不出席，這次是年底總結式的聚餐，他推脫不過，只好來了。

陸星延一心想著下午放學就直奔機場，完全沒注意吃飯的時候，一直有個齊瀏海短髮的女生在不動聲色打量他。

這個齊瀏海短髮的女生叫陳萌萌，是學習部的助理幹事，對外漢語系新生。

陳萌萌打量完，還在桌子底下傳訊息給室友白露，『陸星延剛剛打電話的時候說，今晚就待在寢室，妳可以行動了。』

收到訊息，白露一下子從床上坐起來了。

她眼裡亮晶晶的，坐定幾秒，先是傳了一連串的感謝貼圖給陳萌萌，而後又急忙翻下床。

李聽剛好起身，準備出門，見白露一臉興奮，順口問了句：「妳幹什麼？」

「關妳什麼事。」白露語氣不怎麼好，看都沒看她。

李聽稍頓，差不多明白這個人蠢還愛作死的室友要幹什麼了，不過她沒再自討沒趣地多勸，只在心裡翻了個天大的白眼，抱著一疊書往外走。

李聽升學考發揮得無功無過，總分五百九十，能上不錯的大學，但想要好的科系有點困難。

好在星大在本地招生多，便順順利利進了星大。

其實李聽自己是不太想填報星大的，因為星大每年招收的新生裡都有不少是來自星城的各所名校。

這就意味著，她的新同學可能是明禮的老同學。

同時也意味著，她高中時錯撕陸星延試卷的黑歷史可能到大學也抹不掉。

可她沒什麼擇校餘地，而且她爸媽也不會讓她因為這麼點小事就放棄學校。

所以她最後還是進了星大，到了對外漢語系。

剛進大學的時候，李聽很絕望很惴惴不安。

因為命運的齒輪它根本就不轉！

陸星延也在文學院！

並且陸星延所在的漢語言三班和她所在的對外漢語一班還有一起上的大課！

絕望了大概一週的時間，她早早做好了要被人憎狗嫌背地說壞話的心理準備。

可這期間她和陸星延碰了好幾次面，陸星延顯然也認出了她。

只不過，陸星延好像沒什麼找她算帳的興趣。

一週過去了，兩週也過去了，班上一直都沒傳出和她有關的流言。

她回想了一下，發現高中時事情了結過後，陸星延和沈星若其實都沒再找過她麻煩。

而且陸星延那個性，感覺不太像愛在後頭搞小動作人的。

她也就慢慢地安了心。

可人一安心就容易大意。

她室友白露不知道怎麼回事，之前好像眼瞎了般，都沒發現文院還有陸星延這個人。

直到某次上課見到他，一下子驚為天人一見鍾情，然後在寢室嘰嘰喳喳了好幾個晚上，說要怎麼樣追人。

她一時嘴快就說了，「妳還是省省吧，陸星延他女朋友是我們這屆的文組狀元，標準白富美，我以前和他們同班的。」

聽說她和陸星延同班，白露更激動了，立馬跑來纏著她問東問西。

可李聽說完就發現自己說漏了嘴，後面的怎麼都不肯再說，也不肯告訴白露陸星延以前在明禮的事。

白露不高興，對她也有了意見。

然後沒過兩天，她的另一個室友，平日和白露形影不離的陳萌萌，不動聲色從明禮的其他同學那查到了陸星延的很多消息，還順便把她以前得罪過陸星延的事也查出來了。

白露那點不滿一下子放大許多。

和陳萌萌在背後也不知道說了她多少壞話，兩個人很明顯地開始聯合排擠她。

寢室只有四個人，剩下那一個在夾縫中求生存，也就牆頭草般，哪邊力量大就倒向哪邊了。

剛開始被排擠，李聽還覺得挺委屈的。

但她在高中階段已經鍛煉出了強大的心臟，知道只有念書才是正經事，既然宿舍關係處不好，那就不處了。

而且經過大半個學期，她也算看清楚看明白了，陳萌萌和白露都不是什麼好貨色，兩人表面閨密親親熱熱，實際上也沒少和別的女生吐槽對方。

明明都知道陸星延有女朋友了，兩人也不拿異地戀當回事，一個迷之自信覺得自己貌比天仙才勝李清照肯定能追到陸星延，一個則是標準的白蓮花心機婊滿肚子壞水從旁攛掇。

她也沒勸，就等著她們搞出點大動靜，最好能驚動在帝都的沈星若，讓沈星若教她們做人。

和學生會的聚完餐，陸星延順道回寢室拿了行李。

他下午只有兩節課，上完便叫了輛專車直奔機場。

到達帝都時，華燈初上，遠處燈影在眼底斑駁，流光細碎。

他邊幻想和沈星若見面的場景，邊忍不住揚起唇角。

沈星若的航班比他早起飛半個小時，他從機場趕往P大時，沈星若已經拖著行李箱，走進了星大校園。

走到陸星延所在的男生宿舍樓下，她看到有女生在擺蠟燭，樹下還放了把吉他。

看來是有男生要收到告白了。

她沒多想，站在樓下，打電話給陸星延。

電話撥通的時候，那女生的準備工作也已就緒，她揹上吉他，站進心形蠟燭的圈圈裡，蠟燭好像是感應式的，一瞬間亮起。

「陸星延，你在寢室複習嗎？」

陸星延剛好下車，站在P大校門口，他賣了個關子，『妳猜。』

「那就是不在了。」

他還是沒有正面回答，只問：『妳在哪？』

沈星若彎一下唇，聲音一如既往平靜，「我？我在你宿舍樓下。」

陸星延一瞬間腦袋沒有轉過彎來，『什麼？我宿舍樓下？』

他楞了三秒又問：『沈、沈星若，妳是說，妳現在在星大？』

寒風瑟瑟，陸星延艱難地確認著，心已經涼透了。

可沈星若以為他是太高興了，一時激動得連話都說不清楚。

她「嗯」了一聲，又說：「你們宿舍的男生很受歡迎嗎，有個女生正在彈吉他，好像是要告白，也不知道是哪個男生這麼有福氣。」

沈星若話音剛落，站在愛心蠟燭中間的白露就伴隨著吉他聲朝樓上嬌嬌地喊話：「漢語言文學三班的陸星延！我喜歡你！你能做我的男朋友嗎？」

喊完，她半蹲著雙手拱到頭頂，比了個心。

樓上男生們起鬨聲也隨之達到了高潮。

沈星若眸光頓了頓，彎著的唇角瞬間拉平，她雲淡風輕道：「原來這個有福氣的男生就是你啊。」

第三十四章　修羅場

『原來這個有福氣的男生就是你啊，你啊、你啊、你啊……』

沈星若的聲音呈八倍速在腦海中一遍遍重播。

北方的風乾冷凜冽，陸星延站在P大校門口，整個人僵硬得宛若一尊冰雕。

他聽到沈星若去了星大本來就一腦門官司，乍然間聽到什麼有福氣，他的腦子好像也被凍住了，半天都沒轉過彎來，「什、什麼？」

沈星若沒出聲，乾脆掛斷電話，拍了段影片給他，即時轉播這份福氣。

陸星延眼睛一眨也不眨，緊盯手機螢幕中在他寢室樓下自彈自唱時不時來一句表白的女生，心頭一口老血梗著，差點當場昏厥。

「不，不是，沈老師妳聽我解釋！」

陸星延傳了語音給她，傳完又覺得麻煩，直接打了視訊電話過去。

兩人的網路狀態都不太好，視訊接通了，品質卻不佳。

陸星延顧不得這麼多，將鏡頭轉了轉位置，指著身後P大的門口解釋道：「這真的跟我沒關係，那女生我都不知道叫什麼名字，沈星若妳好好看一眼，我現在可是在妳學校門口，妳怎麼招呼都不打一聲就去星大了？」

一下子的工夫，他鼻頭已經凍得通紅，每說一句話就要往外噴一次白氣，活像是一臺行走的十分絕望的乾冰機。

見視訊那頭的沈星若沒有反應，陸星延感覺不妙，求生欲望在一瞬間達到了頂峰。

他氣都不帶喘地突突突解釋個沒完，「沈星若妳想想，我人都不在星城，我哪能預料到有人會來這麼一齣？」

「我平時在學校真的特別規矩，從來沒有沾花惹草，我應付妳一個都應付不來……不是，我的意思是，我喜歡妳一個都喜歡不夠，哪還有空看別的女生，對吧？」

「妳可以去問趙朗銘、李乘帆還有我室友，他們都可以幫我作證的，而且文學院的人基本上都知道我已經有女朋友了。」

「沈星若、沈星若？妳沒有聽到我說話？我真的冤枉！」

北風呼呼吹著，陸星延卻急得快要出汗了，他感覺自己有點神志不清，也不知道這時是冷還是熱，他只知道，這飛來的橫福，自己沒命享受也不想享受！

想當年女生節，班上有同學提議買心形蠟燭在宿舍樓下唱歌給女生們。

他渾身抗拒，並對賣「表白必備蠟燭」的店鋪竟然有一萬多筆訂單這件事感到萬分不解。

兩年過去了，沒等他想通那一萬個傻子到底是哪裡來的自信覺得自己能憑藉這 Low 穿天靈蓋的蠟燭告白成功，他自己就被人擺心形蠟燭表白了——且上蒼完全沒有好生之德，他跑來帝都本可以躲過一劫，卻還要安排沈星若目睹這一切給他來個即時轉播。

心裡苦。

其實遇上這現場告白，沈星若只是有一點點不高興。

可看到視訊裡的陸星延以及他身後的P大門樓，「一點點」三個字就可以直接去掉了。

『你現在在P大。』她用的是陳述句。

陸星延沒聽出她話裡的意思，還和隻傻鳥似的不停點頭。

『那你中午打電話的時候說，晚上什麼也不幹就留在寢室好好學習天天向上，是在騙我。』

又是一個陳述句。

陸星延終於回過神來了。

他下意識反駁道：「不是，這怎麼能叫騙呢，我是想要給妳一個驚喜。」

「而且妳不是也說晚上要一起複習嗎？可妳也回了星城，照妳的說法，妳也騙了我啊。」

沈星若：「……」

士別三日，都會頂嘴了。

還真是有理有據令人信服。

她盯著螢幕盯了半晌，竟也沒想出什麼能壓過他的話來。

陸星延眼巴巴地看著螢幕，可沒等到她說話，先等到了她掛斷視訊電話。

完了完了。

他再打過去，沈星若不接了。

不遠處，白露唱完了歌，大膽的表白也表了三、四次，男主角卻始終沒有出場。

在陽臺圍觀起鬨的男生們都忍不住了，有好事者直接跑去陸星延的寢室找人。

說來也很讓人無語，其實陸星延的三個室友都在寢室，可他這三個室友都非常地鋼鐵直男，一個在睡覺，還嫌外面聲音吵找了耳塞戴上，另外兩個則是渾然忘我地在遊戲裡廝殺，對外面這場熱鬧沒有絲毫興趣。

還是別人跑來他們寢室，他們才知道外面有女生正在向陸星延告白。

陸星延對床的陳渡剛剛結束一局遊戲，好不容易打進決賽圈，卻被人狙擊個措手不及，心情差得很。

聽到消息，他往陽臺走，不甚耐煩地大聲朝樓下喊：「別唱了！陸星延不在寢室！」

白露不信。

她暗自猜想：陸星延找藉口不出來，其實是在給她留面子，不然他大可以拿自己已經有女朋友的理由直接出面拒絕。

其實她本來就沒想過陸星延會當眾答應，畢竟大家都知道他現在有女朋友。

她這般眾目睽睽之下告白，圖的不過是給陸星延留下點深刻印象。

俗話說得好，女追男隔層紗。

她動作大一點，陸星延對她的關注，自然也就多一點。

異地戀本就難以長久，總會出現各種矛盾，他的女朋友不能在他不開心的時候第一時間出現，可她卻能一直在他的視線範圍內表達心意。

長此以往，他還會不動心嗎？

白露見好就收，放下吉他，最後朝樓上喊了句話，「陸星延！我不會放棄的！我喜歡你！我會隨時準備好做你女朋友的！」

男生宿舍再次傳來一陣熱烈的起鬨聲。

白露翹了翹唇角，準備走人。

沈星若已經旁觀許久，還順便在他們樓下的自動販售機買了瓶飲料，見白露有撤退動靜，這才不疾不徐上前，擋住她的去路。

白露稍怔，「同學，妳有事嗎？」

她上下打量沈星若，驚訝地想：學校竟然有這麼漂亮的女生？

漂亮就算了，這女生的氣質還非常特別，她以前肯定沒見過。

沈星若神色很是淡然，聲音也平靜，「沒事，看妳唱歌告白挺累的，請妳喝瓶綠茶。」

她將手中的綠茶遞出去。

白露狐疑地看了一眼，「……」

沈星若：「不喜歡喝嗎，可我覺得它挺襯妳的氣質的。」

白露終於感受到了沈星若的來者不善。

她臉色不太好，語氣也變得冷淡，「妳讓一讓，我不認識妳。」

「不認識我？」

「也是，妳怎麼配認識我。」

沈星若的聲音稍稍上揚，而後又在冬風中變得飄渺，散開時好像還伴隨了很輕一聲笑，略帶嘲諷意味。

配合她面上清冷疏落的神情，很能給人一種高高在上的感覺。

白露的臉色愈發難看了，「妳、妳這人怎麼這樣，妳誰啊！說話也太難聽了吧？」

「難聽？知道對方有女朋友還在這光明正大地撬牆角，我不說點難聽的，妳難道還指望我幫妳寫篇小作文歌功頌德？更難聽的我還沒說，就承受不住了？」

「男未婚女未嫁誰還一個戀愛就談到結婚？妳、妳，關妳什麼事！」白露被氣到臉漲得通紅，小聲反駁了句。

「當然關我的事。」

「幾塊錢還免運費的蠟燭擺一圈就想撬我男朋友，誰給妳的自信。」

「妳有本事大聲點，把妳剛剛的豪言壯語再宣揚一遍，男未婚女未嫁就可以撬牆角，妳可真是新時代的道德楷模呢。」

等等！她是陸星延女朋友？

白露腦子瞬間空白，驚訝慌張的情緒交織，從她面上一閃而過，她的臉漲成了豬肝色。

站在陽臺上的陳渡撓了撓後腦勺，發現下面那個美女的衣服有點眼熟，好像在哪見過似的，只不過樓層高隔得遠，實在看不清人臉。

正在這時，陸星延的電話打過來了，『陳渡、陳渡？』

「啊，我在。」

陸星延聽他的聲音心不在焉的，以為他在玩遊戲，『你他媽趕緊給我放下滑鼠去陽臺看看，是不是有個女的跟我告白了？你找找我女朋友還在不在，她不接我電話了，我現在就回星城。』

陳渡：「不是，我現在就在陽臺，剛剛那女的告白已經告完了，然後她現在被另外一個女的攔……等等，那是你女朋友啊！」

陳渡睜大眼睛，脖子伸得長長地往外看，「難怪我遠遠看就覺得那衣服挺眼熟的，行啊，你這風流債硬是搞了一齣修羅場出來啊！」

陸星延的心再次變得冷冰冰的。

樓下白露不知道該怎麼辦，正想要哭。

樓上陳渡忽然喊了一嗓，「嫂子！」

——還傻子似地朝著沈星若揚手。

沈星若稍愣，揚起腦袋往上看，然後很淺地朝他點了點頭。

本來沈星若和白露在樓下說話，除了旁邊圍觀群眾能聽到，樓上的人是不會知道她們在說什麼的。

可陳渡這麼一喊，大家恍然大悟了！

我靠我靠！小白花遭遇正牌女友，好戲啊！

他們這棟男生宿舍的對面是一棟女生宿舍，住的也都是文學院和外語學院的大一、大二女生。

之前白露鬧出這麼大動靜，女生們也跑陽臺上看戲了，可聽到白露表白的對象是陸星延，心下都很鄙夷——人家都有女朋友了還跑來表白，太不要臉了吧。

沒起鬨看了一陣子熱鬧，見陸星延沒出面，大家都回了房間。

正當大家在寢室議論紛紛的時候，不知哪來的消息說，陸星延的女朋友在樓下堵白露！

一時間女生們傾巢出動，全都趴到陽臺上看好戲，積極性比剛剛聽白露表白高多了！

混亂間，也不知道是哪個寢室的女生大喊了一聲，「美女，妳快撕了這個綠茶婊！」

女宿舍這邊的起鬨聲瞬間到達高潮！

白露羞憤難當，咬著唇氣憤地看了沈星若一眼，雙手掩面就想走。

沈星若卻輕輕巧巧擋了她一把，平靜道：「別急著走，聽我說完。」

「我都丟這麼大臉了妳還想幹什麼！」

白露急得眼眶都紅了，沈星若卻不為所動，「委屈什麼，妳都理直氣壯做了撬牆角的事並且毫無歉意，那挨幾句話罵也是應該的，妳做初一之前就應該想到有人來做這十五。」

「妳以為哭別人就會同情妳覺得是我得理不饒人欺負妳嗎？還是妳覺得妳哭我就會放妳一馬？」

「比妳會哭比妳段位高的人多了，我也不是沒見過，妳最好省省力氣別做蠢事。今天的事我不想多計較，不過妳要是再敢打我男朋友主意，我會教妳做個人的。」

直到回到寢室，白露整個人都還恍恍惚惚的。

李聽去階梯教室排練課前演講，陳萌萌也和學生會的學姐一起出門逛街了。

寢室只餘她一人，滿腦子混沌。

學校裡不少人目擊了這場小白花和正牌女友的正面遭遇，消息很快在各個群組裡傳開了。

遺憾的是，沈老師開課的時候沒用大聲公，大家沒能知道她的ＶＩＰ課上得有多麼精彩。

階梯教室裡，李聽按流程走完一遍自己的部分，正要叫另外一名女生接替。

可那女生捧著手機看得入神，李聽喊了兩聲，她抬頭，一臉興奮地招手道：「妳快來看、妳快來看！白露出事了！」

李聽眼皮一跳，三步並作兩步走下講臺，湊到手機前。

那女生邊和她一起看邊說：「我老覺得妳們寢室那個白露特別不安分，軍訓她不是就勾搭上了三連的教官嗎？」

「我那時聽說三連教官本來是有女朋友的，還在社群上秀過恩愛，後來不知道怎麼和白露搞到了一起，他的社交帳號直接關了，白露這次可算是踢到鐵板了！」

李聽邊聽邊看。

瞭解完事情經過，她百感交集地默了默。好半晌又說：「今天就先練到這吧，我回寢室看一看。」

女生頗為理解地點了點頭，還八卦地交代道：「白露有什麼消息妳記得第一時間告訴我！」

「嗯。」

李聽馬不停蹄趕回宿舍。

白露人在。

可令她感到失望的是，白露躲在被子裡，面向牆壁，一動也不動。

她喊了兩聲，白露也沒反應。

直到晚上九點陳萌萌回寢室，和白露抱在一起上演完一齣塑膠姐妹的情深義重，李聽才有幸聽了一耳朵當事人的版本。

白露被陳萌萌安慰一番，委屈的眼淚止不住，放聲大哭一場，眼睛都哭腫了，說起話來也是囫圇不清的，「陸、陸星延，陸星延他那個、那個女朋友，嗚嗚嗚嗚……我就、我這輩子就……沒見過這種女生！」

陳萌萌皺眉，一邊拍著她的背一邊焦急地問：「到底是怎麼回事呀，他女朋友怎麼了？」

「她罵我，她、她買了瓶綠茶……嗚嗚嗚……她說綠茶，綠茶和我很配，這不就是，就是罵我綠茶婊嗎？」

「男未婚女未嫁，我表個白怎麼了，」她不服氣，聲音帶著哭腔，「那女的真的、真的好凶，好沒素質！我真的從來沒見過這樣的……」

李聽聽到這，忍不住笑出了聲。

白露玻璃心得很，聽到這聲笑，忽然就像隻炸毛的鬥雞，聲音哽咽地朝李聽大聲喊道：「妳笑什麼笑！有什麼好笑的！有妳這樣當室友的嗎？」

李聽回頭，手裡還在轉筆，雲淡風輕地應聲，「我笑一下怎麼了？妳知道人家有女朋友還跑去表白不就是趕著找罵嗎？以為我想和妳當室友啊，妳放一萬個心，我換宿舍的申請已經批下來了，下個學期就換。」

「還有，我早就告訴過妳，陸星延他女朋友不好惹，妳自己不聽怪誰？」

白露要氣死了，拔下充電器往李聽那扔。

李聽躲是躲開了，可被這麼一砸，心底積壓的火氣也上來了。

她起身，將充電器扔回白露床上，「妳不要太過分啊，我忍妳很久了，妳自己不要臉到處勾三搭四還不讓人笑？妳不讓我笑妳還能讓全校同學都不笑？以為自己是皇后還是公主臉這麼大！」

「妳！」白露氣急敗壞，想衝下去和李聽打架。

陳萌萌攔了攔。

李聽卻完全沒在怕，直接敞開寢室門罵，「怎麼？我說錯什麼了？妳也不看看自己和沈星若差了幾十萬公里，人家標準白富美，書香世家，高中就和陸星延住在一起，不說這些，人家光是一個文組狀元就夠妳追三十年的，我看妳這腦子再讀三十年也考不到文組狀元。」

「而且人家長得漂亮氣質好，還會鋼琴、會小提琴什麼都會，妳會什麼？妳只會勾三搭四裝白蓮花搶別人男朋友，是不是別人的東西都比較好啊這麼愛搶？小時候家裡沒給足飯嗎？」

「我跟妳這種不要臉的待在同個寢室都覺得挺窒息的，妳還有臉哭哭啼啼，還男未婚女未嫁，就妳這姿色、這條件，我看陸星延就是去當和尚都不會和妳在一起，妳還真的以為自己貌勝王昭君才比李清照啊？臉大如盆！」

罵完，李聽一把扯過自己的書包，摔門而去了。

她以前脾氣就不好，被沈星若教訓了一回才稍稍收斂，在大學寢室她也算得上忍氣吞聲，只是白露這種貨色憑什麼讓她一忍再忍？

索性今天就罵個痛快，反正這學期也沒幾天了，這段時間可以回家住，下學期換了寢室，眼不見為淨。

白露連遭兩輪言辭犀利的教訓，在床上已經哭到快要失聲。

她以前哪有被這樣罵過。

她太瞭解女生了，大部分女生被人搶了男朋友，頂多只是和朋友抱怨哭訴一下。最厲害的也不過是網路上發個文指桑罵槐，哪有這種指著別人鼻子罵的。

白露是真的承受不住，感覺羞憤欲死。

陳萌萌心不在焉地安慰著她，心思卻全飄到了沈星若的身上。

另一邊，沈星若教訓完撬牆角的小白花，又和特地趕下樓來的陸星延室友打了聲招呼，就搭車去落星湖了。

這學期，她每次回星城，都會去落星湖看望裴月和陸山。

她能感受到，裴月對她的照顧，遠遠超出了對一個朋友家小孩的照顧。

她在帝都的這一學期，裴月每週至少打兩通電話給她，看到什麼好看的、好吃的都會用快遞寄給她。

甚至帝都什麼時候天氣轉涼什麼時候要下暴雨，裴月比她還要清楚，總會在第一時間傳訊息提醒。

人非草木，誰對你是客套，誰對你是掏心掏肺，其實都能感受得到。

她在計程車上打電話給裴月說到了星城，裴月聽了，在電話裡扯著嗓子喊周姨趕緊加幾個菜。

到落星湖後，又是一番預料之中的噓寒問暖。

吃完飯，裴月總覺得有哪不太對勁，想了又想，總算想起來了，「欸對了，明天開始放元旦假期，陸星延這小子怎麼沒有消息啊？」

她打電話給陸星延。

電話那頭卻提示您所撥打的用戶已關機。

裴月碎碎念，「打他電話十次有九次不接，妳說他用什麼手機，買手機是拿來當擺設的嗎？」

「上大學真是越發不像樣了，週末經常不回家，總是這有事那有事的，我看就是在外面瘋！」

「欸若若，妳說……陸星延這小子是不是談戀愛了？」

沈星若稍頓，點頭如實道：「很有可能。」

有了沈星若的贊同，裴月越發覺得自己的推測沒錯。

她想了個主意，和沈星若商量，「這樣，若若，妳幫我找以前班上同學打聽一下。陸星延這小子要是談了戀愛，應該會在社群上說的，但他發文肯定會避開我們。」

沈星若：「……」

她心想：陸星延是遮蔽了您沒錯，但他敢遮蔽我，墳頭草可能都已經三尺高了。

裴月還在進行自己的名偵探推測。

沈星若坐在旁邊，幾度想要開口，卻罕見的不知從何說起。

其實兩人感情慢慢穩定之後，她一直想找個機會告訴裴月，可陸星延攔著不讓，拖著拖著就瞞到了現在。

至於陸星延不願意告訴家長的原因，沈星若基本也能猜到。

無非就是不想在家長的監視下談戀愛。

而且他一直都想幹點什麼，有了家長監督，幹點什麼怕是不太容易。

陸星延輾轉回程，晚上十點多才到星城機場，回到落星湖時已經十二點了。

家裡靜悄悄的。

他上到二樓，特地路過裴月、陸山的臥房，轉了轉門把——鎖著的。

那就是在房間睡覺。

他鬆了口氣，悄無聲息地往後退了退，又繼續往三樓走。

回房放了行李箱過後，他摸進了沈星若的房間。

沈星若早就躺在被窩裡了，不過沒有睡著，見陸星延進來，她默不作聲往旁邊挪了個位置。

陸星延在兩座城市間馬不停蹄地來回奔波，這時已經累得和狗沒什麼區別。

他澡都沒洗牙也不刷，脫下外套就往被子裡鑽，還特別色情地說了句，「小美人，我來了！」

沈星若被他帶進來的寒意冷得瑟縮了一下，又拍開他伸來的雞爪。

他毫不在意，湊近捧著沈星若的臉蛋親了兩口，低聲笑，「小美人真是太貼心了，還幫我暖被窩。」

沈星若的氣都出在了那朵小白花身上，見他疲累不堪還費盡心思想逗自己笑，倒也說不出什麼責怪的話，往前主動抱了抱他，幫他暖身體。

「行了，別鬧。你也累了，早點休息，我設了五點的鬧鐘，五點你還要起來回你自己房間。」

陸星延將她溫暖柔軟的身體摟緊了些，閉著眼睛，在她耳邊磨蹭，還是笑，「怎麼，不嫌我髒了？平時不洗澡妳不是都不讓我上床？」

「你哪來那麼多話。」

陸星延的聲音裡是濃濃的滿足和疲憊，「沈星若，我終於見到妳了，要累死了，飛機和計程車坐到我有點想吐。」

沈星若幫他理了理頭髮，又從床邊找出張蒸汽眼罩，拆開幫他戴上，緊接著親了親他的臉，「睡吧。」

陸星延含糊地「嗯」了一聲。

他也是真的想要睡覺了，沾上床和女朋友就睏得和什麼似的。

臨睡前他腦海中的倒數第二個念頭是：我就算是死也要交換去P大，異地戀的日子過得實在是太他媽心酸了。

最後一個念頭則是：他的女朋友到底是什麼仙女，長得漂亮還身嬌體軟，抱在懷裡的手感真是絕了，胸好像也長大了點？嗯，應該不是錯覺。

一夜安睡無夢，淩晨五點，鬧鐘準時響起。

是沈星若先醒的，她推了陸星延兩把，可陸星延毫無反應。

想起昨晚陸星延疲累的樣子，沈星若有些不忍，也沒再推，半睡半醒等了半個小時。

五點半的時候，鬧鐘又響了一遍。

外面的天灰濛濛的，遠處已經隱隱約約地透出了一絲光亮。

沈星若邊輕聲喊他名字邊推他肩膀，「陸星延、陸星延？」

喊了七、八遍，陸星延總算是皺著眉頭醒了，「……幾點了？」

沈星若：「五點半了，你快點回你自己的房間，回房還可以繼續睡。」

陸星延睏得很，再加上被窩裡暖和，沈星若又這麼好抱，他一點都不想動，賴在被窩裡毫無起床跡象。

「陸星延、陸星延你起來，不要賴床了，你乖一點。」

「沒事，我媽至少要九點才能起，妳放心吧。」

他打了個呵欠，將沈星若抱得緊了點。

可沈星若還是鍥而不捨地催促著。

他無法，只好懶洋洋承諾，「行了，再等等，再睡十分鐘，十分鐘我就起來，肯定起來。」

賴床者的承諾就像放屁，這十分鐘一直拉鋸到六點整，陸星延才頂著一頭雞窩戀戀不捨地從溫香軟玉中坐起。

他想起古代文學老師講以前那些皇帝天不亮就要起床準備上早朝，忽然明白為什麼會有「芙蓉帳暖度春宵」和「從此君王不早朝」了。

他步子拖遝，手裡還拎著外套。幫沈星若關好門後，睏倦地打著呵欠，搖頭晃腦往前走。

然後他猝不及防地，在樓梯口和穿一身大紅牡丹花睡衣的裴月——狹路相逢。

第三十五章　若若寶寶

早上六點，天光熹微，樓道光線也很昏暗，可裴月臉上的不可置信卻是清清楚楚明明白白。

陸星延本來還不太清醒，和母上大人對視三秒後，他就像被潑了盆冷水，清醒到找枝筆就能重回升學考考場了。

裴月握緊樓梯扶手，一下子看看陸星延，一下子看看沈星若的房門，嗓子像被什麼堵住似的，怎麼也說不出話來。

她只是下樓喝水，然後發現地板上有行李箱拖行的痕跡，就想著上樓來看看陸星延這兔崽子是不是回來了。

哪裡想過會撞見這麼玄幻的一幕。

這不是真的吧？

過了大概有七、八秒，她冷不防地往自己臉上抽了一個巴掌。

——抽得不重，但也挺疼的，不是做夢。

我靠，現在的女性同胞狠起來都是連自己一起虐了？

陸星延差點以為自己是在做夢，一臉吃驚，又壓低聲音問：「媽，妳沒事吧？妳打自己幹什麼？」

「……沒事，好像有隻蚊子。」裴月終於出聲了，只不過神情恍惚，聲音也有點飄。

大冬天哪來的蚊子？

陸星延摸了摸後腦勺，上下打量道：「媽，妳一大早上樓來幹什麼？還有妳這睡衣是不是也太喜慶了點？」

裴月：「……」

她也不知道自己在想什麼，正經事不問，竟然還順著陸星延的話頭回了句，「你懂什麼，這是一個奢侈品牌和一個國畫藝術家的合作款，限量發售。」

「……」

中年婦女的錢可真好騙，九十年代棉被同款還限量發售。

陸星延望了望天花板，有點無語。

不過他很快想起，現在的重點不是睡衣。

趁裴月被他帶偏沒回過神，他若無其事地說了聲，「唉，睏死了，我回房再睡一會兒，媽妳也回去睡吧，現在才六點。」

裴月目送他走過樓梯口，轉開自己的房門，往裡走……

只差最後一個鎖門的動作，陸星延就可以暫時逃過裴月的追問，飽飽睡上一覺，等醒來再從長計議。

可天不遂雞願，在關門一瞬，裴月忽然回神，一個健步衝上去，踹門而入！

陸星延傻了。

這他媽限量版睡衣還有大力水手的buff？

他整個人差點被這突如其來的踹門動作掀翻了！

裴月清醒過來，衝上前氣都不帶喘地擰住陸星延的耳朵，然後又是俐落一腳——關門教訓。

「天殺的啊！你去若若房間幹什麼了？一大清早鬼鬼祟祟你是要死了是吧！你快說，你有沒有對若若做什麼？從什麼時候開始的？若若有沒有發現？還是發現了你脅迫她了？陸星延你是要急死我還是氣死我啊你快點說啊！」

陸星延被踹門動作踹出來的一口老血還沒咽下去，又被擰著耳朵劈頭蓋臉訓斥一番，已然是眼冒金星。

偏偏裴月還沒完沒了，聽她話裡話外的意思，就差沒給他蓋強姦犯的章送去派出所了！

陸星延咳嗽兩聲，忍著全身上下不知道哪傳來的痛勉強應聲道：「不，不是……媽妳也留個喘氣的時間給我，我才好解釋吧，妳怎麼能把我想得那麼猥瑣！」

裴月揪著他的耳朵沒鬆開，又擰了個一百三十五度。

「嘶——痛痛痛！」

「媽！妳別擰了！我和沈星若在談戀愛！是正當交往一起睡個覺我什麼都沒幹妳快鬆手！」

其實陸星延一開始不想要承認，可裴月一上來護親女兒的架勢簡直嚇死人，連個辯解機會都不給，差點三兩下把他整死！

談戀愛。

正當交往。

一起睡個覺？

裴月怔了怔，眼睛隨著消化資訊的速度慢慢睜大，「你說什麼，你再給我說一遍！」

「我和沈星若在交往，沈星若現在是我女朋友！」陸星延大聲說。

裴月愣在原地，過了好幾秒，她手下用力，反手又擰了個一百三十五度。

陸星延被擰得鬼吼鬼叫，差點沒駕鶴西去。

——不是做夢。

裴月緩緩鬆了手。

震驚迷茫等多種情緒交織在一起，最終，喜悅的情緒取得壓倒性勝利。

她心花怒放地露出笑容，看向陸星延的目光也變得和藹慈祥。

陸星延按著耳朵還在閉眼輕嘶。

裴月特別貼心，扶著他坐到了床邊上，小心翼翼又不失溫柔拍了拍他的背，問：「兒子，你是說……你現在在和星若在談戀愛，對吧？」

她舉起兩隻手的食指，對在一起點了點，「那你們是什麼時候開始談的？」

「……升學考完就談了。」

竟然這麼早！

裴月追問：「怎麼完全看不出來呀，你們怎麼就談上了？」

「我告白她接受，不然還能怎麼談上？」陸星延納悶。

裴月被噎了噎，停了一下子，緊接著又問到最為關鍵的問題，「那你們、你們現在……什麼進度？」

「……」陸星延看了裴月一眼，面無表情道，「蓋著棉被純睡覺的進度。」

一時間，裴月臉上閃過了掩飾不住的遺憾惋惜。

不過很快，她又咳了兩聲清嗓，身體也不自覺地坐直不少，端正道：「那你們這個，這個進度其實也不慢了，你不要急，心急吃不了熱豆腐。」

想想好像不妥，「不是……我的意思是，你要給予若若充分的尊重，不能勉強、不能強迫，知不知道？」

「你們現在年紀小，還要讀書，太早搞出人命也不好，休學回家帶孩子……」

陸星延：「媽，妳胡說八道什麼？」

裴若一臉理所當然，「我哪裡胡說八道了？我也不是沒有年輕過呀，我還不知道你們這年紀輕輕血氣方剛，什麼蓋著棉被純睡覺……那一個擦槍走火就……」

她頓了頓，又說：「當然我的意思不是說這個不行，我想說的是啊，你們真的要有點什麼，也要做好措施是吧？」

「等畢了業……也不用等畢了業，我看大四就挺好，大四不是都沒什麼課嗎？就寫寫論文。那時候你們也到法定的結婚年紀了，可以去登記，然後我來幫你們操辦一場風風光光的婚禮！」

「登記結了婚，懷孕生小孩就名正言順了呀，也不影響女孩子名聲，我也正好幫你們帶帶孩子。」裴月一本正經地順著自己的思考方向展開，「男孩、女孩都不要緊，關鍵是腦子必須像若若，我們從小就要好好培養起來。當初我生了你啊，就是太寵著你了，不想學就不學，我的小孫孫可不能像你一樣不學無術。」

「至於長相，你倒還有點可取之處，這個我不擔心，若若也那麼漂亮，像誰都不成問題。」

陸星延：「不不不，我覺得男孩像我，女孩像她比較好。個性就不要像她了，沈星若那個性以後遺傳給小孩怎麼得了。」

也不知道是怎麼回事，陸星延一開始還覺得他媽的胡思亂想都可以直接通向銀河系了，他還是個處男呢他媽就開始考慮幫他帶小孩，未免也想太多了吧。

可聽著聽著，他竟然也不自覺地被裴月這種餅圈住了。

而且他越聽越入神，聽到最後，還煞有其事地和裴月討論起性格像誰的問題。

沈星若在被窩裡安睡，渾然不知趕走陸星延之後的半個小時，她未來寶寶的人生規劃，都已經被某兩位自我代入的婆婆和老公安排得明明白白。

早上九點，沈星若起床洗漱。

下樓時，只見裴月和陸星延兩人難得和諧地湊在一起看手機。

她在樓梯上打了聲招呼。

裴月見她下樓，頓時笑彎了眼，異常親切地問候道：「若若，起來了呀？昨晚很晚才睡吧，肚子餓不餓？周姨去超市買東西了，不過瓦斯爐上還煨著香菇雞肉粥，我幫妳盛一碗，等著啊。」

裴月起身，又按了陸星延腦袋一把，「還不去給你未來老婆熱牛奶？」

沈星若：「……」

未來……老婆？

她站在樓梯上，頓了好幾秒，又將目光投向陸星延。

陸星延無聲地與她進行著眼神交流：對沒錯就是妳想的那樣東窗事發紙不包住火妳要賣身到我家做童養媳了。

沈星若：「……」

元旦假期三天，裴月的嘴角就沒垂下來過，對沈星若叫一個喜愛有加關懷備至。

她一邊和沈星若說著「談戀愛不要有太大壓力陸星延對妳不好妳就和他分手我來教訓他」，一邊幫沈星若瘋狂置辦行頭。

出門逛街路過育嬰用品店，她還會進去逛一圈，口中說著什麼「我的小孫孫以後也要穿得這麼可愛」之類的。

中午在家吃飯，陸星延光明正大地幫沈星若夾菜，還懶洋洋調侃，「女朋友，我可是沾了妳的光，妳覺不覺得我媽這幾天對我特別和顏悅色。」

裴月皮笑肉不笑地看他，「可不是嗎，畢竟丈母娘看女婿，越看越喜歡。」

「……媽，妳過分了啊。」

裴月笑瞇瞇的，「不過分，你要是我女婿待遇可能還好一點。」

裴月夾了一筷子菜給他，「說起來啊，你出生那年，帝都城西那邊要搞工程，陸家祖墳還遷了遷，遷的位置專門找人算過，風水好！這大師還有點本事，可不是真的風水好嗎，要不是祖墳都冒青煙了，你能找到若若這麼好的女朋友？」

陸星延：「……」

不是，他是憑藉自己的努力考上星大，沈星若才同意做他女朋友。

祖墳在那裡一不讀書二不看報的憑什麼攬這功勞？

母子倆在飯桌上拌了拌嘴，晚上，陸星延又被沈星若拎回房間搞期末複習。

好在他早有準備，之前記了梗概和名句，沈星若問起來，他就裝出一副我早就看過的樣子長篇大論一番，還翻出筆記本給沈星若看，「我看書很認真的，還做了筆記，妳看這個，都是我看書的時候摘抄的句子。」

沈星若瞥了他一眼，去翻筆記本。

陸星延臉不紅心不跳。

沈星若沒翻兩頁，手一頓。

「愛之於我，不是肌膚之親，不是一蔬一飯，它是一種不死的欲望，是疲憊生活裡的英雄夢想。」——杜拉斯《情人》。

沈星若：「你看了杜拉斯的《情人》？」

陸星延點頭，還複述了一遍大概內容，又裝模作樣，「這句話我覺得寫得特別好，很有深度，真的，就像我對妳一樣。」

沈星若沉默片刻，按了按太陽穴，然後拿起筆，在下面寫了一句：「我沒說過這句話。」——杜拉斯。

陸星延：「……」

——作弊被發現，後果很嚴重。

沈星若可能是發現了陸星延「死豬不怕開水燙」、「認錯態度良好但堅決不改」的本性，也懶得多費口舌來罵他。

只不過她本來答應陸星延三號傍晚再走，卻一聲不響改簽了三號上午的機票，打算一大早就飛回帝都。

陸星延知道她不高興，圖表現要送她去機場。

可沈星若卻不買帳，出了落星湖便讓劉叔直接去星大，先把他塞回學校讓他在學校好好反省思過。

陸星延自然是不情不願，但他理虧，也只能按捺躁動安分兩天。

沈星若回到P大時剛好中午，行李箱裡帶了些周姨裝的星城風味醃菜。

收拾行李的時候，沈星若想起，之前何思越還幫她搬東西上過寢室，醃菜給室友分完，她自己留了一瓶，剩下兩瓶準備送給何思越，當是一點小小的謝禮。

何思越所在的法學院離文學院不是很遠。

沈星若傳訊息問他在哪，順手帶了兩本快要到期的書去圖書館還。

假期的P大圖書館仍舊有不少學生，沈星若排隊還書的時候看了手機一眼——何思越沒回訊息。

還完書，沈星若準備走，可不經意抬頭一瞥，她在自習區那瞥見一個熟悉的身影。

阮雯？

她走近，偏頭打量，還真的是她。

阮雯升學考發揮得不錯，也考到了帝都，現在在帝都師範大學。

但沈星若平日忙課業，週末忙戀愛，和阮雯也只在開學時見了一次面。

這時看到阮雯，沈星若下意識以為她是來找自己的，可往前走兩步，沈星若又想起他們學校的圖書館要刷卡，阮雯進來了，那就說明有人和她一起。

正想到這，沈星若瞥見一抹熟悉身影從當代名家名作書架走出來，而且是直直往阮雯那走。

何思越？

不是……

何思越和阮雯？

在沈星若的印象裡，這兩人好像都沒說過幾句話。

可緊接著，沈星若就看到了更為離奇的一幕——何思越坐到了阮雯身邊，唇角往上揚，露出寵溺的笑容，還親昵地揉了揉她的腦袋。

沈星若：「……」

她頓了兩秒，準備無聲無息地離開圖書館。

但她站在那還沒動，忽然有人從她面前經過，一疊書沒抱穩，「嘩」一聲，全都摔在了地上。

這動靜在安靜的圖書館裡自然是十分引人注目，何思越和阮雯兩人也下意識地看了過來。

沈星若猝不及防地與他們在半空中六目相對。

「……」

不關我的事，我真的不想八卦。

沈星若本來只想還個書送個醃菜，卻沒想這份醃菜午飯時分就擺到了飯桌上。

阮雯的臉一直紅紅的，面對沈星若總覺得非常不好意思。

沈星若不是喜歡研究他人感情生活的人，可都坐在一起吃飯了，不問一句「你們怎麼在一起了」好像也說不過去，於是就象徵性地問了一句，「你們……怎麼在一起了？」

何思越和阮雯對視一眼，還是阮雯磕磕絆絆開了口，和她說起來龍去脈。

這事說來也是陰差陽錯。

之前謝師宴後一班在KTV聚會，快要散場的時候，沈星若被陸星延先一步拉走了。

何思越本來準備了生日禮物給沈星若想要告白，可最後禮物都沒來得及送出去，告白就更不用提。

不過何思越向來負責，沒因這事分心，班聚結束，還一一安排好班上男生送女生回家。

到最後剩下阮雯落單，他不放心，雖然兩人回家的方向南轅北轍，但他也親自送了。

阮雯住的地方特別偏僻，在近郊一個生態農莊附近。

計程車開了將近一個小時，阮雯感覺不太對勁，和何思越說這司機好像在繞路。

何思越用星城方言問計程車司機，以為表明自己是本地人，他就不敢再繞。

兩人你來我往說了一陣子，何思越自問自己的態度還是比較客氣的。想不到這計程車司機是個暴躁狠人，明明就繞路了還我狠我有理，在一個黑燈瞎火犄角旮旯的地方把兩人趕下了車。

那地方前不著村後不著店，手機還沒訊號，路上除了運輸的大貨車都沒看到什麼小汽車，更別提計程車了。

阮雯本來膽子就小，一直後悔不該告訴何思越這司機在繞路的，本來繞一繞最多也只是多出點錢，不至於連累何思越一起被扔在這種地方，一下子急得眼眶都紅了。

何思越只好一邊安慰她一邊用手機照明，帶她往前走。

他們走的時候完全沒想過，走到一個有人煙的地方需要三、四個小時。

後來訊號是有了，但手機已經沒電，又是好一番輾轉，直到清晨，他們才找到一個快捷酒店開房洗漱充電。

最鬧心的是，剛充上電聯繫上人，何思越就看到陸星延對沈星若宣誓主權的動態。

因為有這麼一段共患難的奇葩經歷，何思越和阮雯暑假時不時用訊息聊個天，但也沒什麼特別的深入交流。

直到來了帝都，參加同鄉會，兩人的距離才拉近了。

一開始阮雯根本不敢多想，總以為何思越還喜歡沈星若。

後來何思越挑明，也向阮雯剖析了自己對沈星若其實是欣賞多過喜歡，並拿出「知道沈星若和陸星延在一起後自己也沒有覺得很難過」這一點作為佐證。

阮雯猶豫了很久，最後答應了他。

但兩人在一起後，阮雯還是不敢和沈星若說，而且也不許何思越和沈星若說，因為她總會有種搶了朋友追求者的奇怪錯覺。

小心翼翼說完刪減版的戀愛經過，阮雯才發現沈星若對他們的故事好像半點都不感冒，關注點全都落在了「同鄉會是什麼」這一點上。

——最近這一、兩個月簡直是白糾結了。

吃完飯，阮雯沒跟何思越走，說和沈星若有話要聊，兩人一起離開了。

沈星若和阮雯手挽著手走了一段，問：「妳想和我說什麼事？」

阮雯猶豫著開口，「星若，妳還記得翟嘉靜吧？」

沈星若點頭。

「我也是元旦的時候聽人說的，翟嘉靜升學考發揮得還不錯，考去了南城大學，但她軍訓時和一個比較混的男生在一起。」

沈星若繼續點頭。

可阮雯忽然不說了。

她看了阮雯一眼，「怎麼了？」

阮雯耳朵一紅，湊近小聲道：「然後、然後她懷孕了，要去墮胎，那個男生不肯負責，事情鬧出來後才知道，原來那個男生還有個異地戀的女朋友。」

沈星若默了默。

「二班不是也有幾個去南城大學的嗎，他們說那個、那個男生一眼看過去特別像陸星延，妳說……她高中的時候是不是喜歡陸星延呀？」

沈星若也不知道想到了什麼，只很輕地應了一聲，「可能吧。」

阮雯見她沒什麼表情，以為她對這件事不感興趣，也沒再多說。

可遠在星城的陸星延在遭遇幾個小時的冷落後，忽然收到女朋友大人傳來的訊息。

訊息內容只有兩個字——『渣男』。

陸星延：？？？

他趕忙打電話過去問。

聽沈星若說完翟嘉靜這事，他一頭霧水，「所以這和我有什麼關係，我怎麼就是渣男了？」

沈星若：『那個男的和你很像。』

陸星延：？

不是，冤枉人是不是也要講點道理？

陸星延遭了一波牽連，立馬和沈星若用視訊發誓自己絕對不會幹這種喪心病狂道德敗壞的事，這輩子只喜歡她一個，這才勉強獲得沈星若原諒。

考試週近在眼前，女朋友大人又陰晴不定，陸星延不敢再作亂，老老實實本本分分地在學校複習。

可他跟著幾個學霸室友認真複習了不到兩天，李乘帆和趙朗銘又傳訊息給他，說他們馬上就要從西藏回來了，讓他準備接駕，一起出去嗨一下。

在同一所學校，本部和國際部的日子堪稱天壤之別。

前段時間李乘帆和趙朗銘帶著新找的女朋友蹺課去西藏，玩得那叫一個自由自在快活似神仙。

尤其是李乘帆，一朝開竅找了個34D的女朋友之後，簡直騷到飛起，天天在社群上發合照順帶還要附上心靈雞湯，而且是有位置定位的那種。

陸星延收到兩人在群組裡@的訊息，順手點進李乘帆的主頁看了一眼。

果不其然，又來了又來了。

李乘帆：『來我的懷裡。或者，讓我住進你的心裡。默然，相愛，寂靜，歡喜——倉央嘉措。』

配圖是他和34D的合照。

定位布達拉宮。

陸星延坐在圖書館裡，被肉麻得白眼都要翻穿天靈蓋了。

而且李乘帆這傢伙，照片裡還笑得賤兮兮的。

陸星延意難平，留下了一句：『我沒說過這句話——倉央嘉措。』

因為這則留言，李乘帆的耍帥之旅遭遇了史詩級別的翻車。

他跑到群組裡找麻煩。

李乘帆：『@陸星延。』

李乘帆：『延哥，我說你正經事不幹天天盯著我找碴，你是羨慕嫉妒恨吧？』

李乘帆：『讓我猜猜，你是不是又惹你家沈星若生氣了？還有功夫留言，沈星若是不是訊息都不回你的了？』

李乘帆：『嘖嘖嘖，你現在就是個滿身怨氣的小處男你知不知道，太慘了，實名同情。』

陸星延：『？』

陸星延：『（拉黑了有事漂流瓶聯繫.jpg）』

李乘帆：『哈哈哈哈哈我就知道，又猜中了！』

陸星延已然不想說話。

李乘帆春風得意順便看他可憐，又在群組裡傳授他的新戀愛心得。

李乘帆：『你說你和沈星若那樣聊天，我真的覺得和王有福聊天可能都比較活潑。』

上次幾人在操場打球，中場休息的時候，陸星延跟沈星若彙報了下一天的行程。

李乘帆剛好在旁邊喝水，瞥了他的螢幕一眼，沒仔細看的時候，他還以為陸星延在跟學校什麼長官報告。

沈星若的回覆也十分高冷，不是「嗯」就是「好」，再或者就是「知道了」。

李乘帆對那「驚鴻一瞥」的聊天風格實在是印象深刻。

他傳授了一番經驗，又覺得沒有實例不夠有說服力，順手截了兩張自己和女朋友的聊天記錄放到群組裡。

帆寶的小甜心：『老公對不起對不起嗚嗚嗚，剛剛的妝花了要重新化，再等我十分鐘！』

茵寶的小豬豬：『沒關係妳慢慢來，等妳多久都是值得的，揪咪！』

帆寶的小甜心：『老公我愛你！』

茵寶的小豬豬：『茵寶我也愛妳！』

陸星延點開這張圖，石化了三秒。

可他手賤，動作快於腦速滑開了第二張，又被閃了一次眼睛。

茵寶的小豬豬：『茵寶！我牙疼！』

帆寶的小甜心：『怎麼突然牙疼了呢，我幫你呼呼！』

茵寶的小豬豬：『可能是因為妳太甜了。（親親.jpg）』

帆寶的小甜心：『老公！（害羞.jpg）』

李乘帆還得意洋洋地在群組裡講經佈道，說什麼「女生要時不時哄一哄」、「情話肉麻點沒關係」、「女生都吃這一套」。

陸星延：『……』

陸星延：『茵寶的小豬豬，你太噁心了，我隔夜飯都要嘔出來了。』

一直安靜的潛水人員紛紛冒泡，在後面加1、加2、加10086，實名Diss「茵寶的小豬豬」令人作嘔的秀恩愛行徑。

可Diss完之後，陸星延又認真地想了想，沈星若也許真的吃這一套呢？不吃也沒關係，頂多就是被教育兩句，勇於開闢新道路總是好的嘛。

這麼一想，陸星延就撈起手機，準備和沈星若改變一下聊天風格了。

他強忍噁心重看了一遍截圖。

第一張圖暫時用不上，他開始模仿第二張圖。

陸星延：『寶寶，我牙齒痛。』

五分鐘，沒有回音。

十分鐘，沒有回音。

一個小時後。

沈星若：『聊騷傳錯人了？叫誰寶寶？誰是你寶寶？』

陸星延興沖沖點開一看，差點沒嚇出一身冷汗。

陸星延：『沒傳錯，我就是傳給妳的，若若寶寶！』

沈星若：『……』

沈星若：『有病就吃藥，牙疼就去看牙醫。你打遊戲怎麼不牙疼，看一下子書就哪裡都疼。』

陸星延：「……」

OK，意料之中。

可沈星若回完訊息，在座位上坐了一下子，又起身去藥局。

治口腔潰瘍的、治牙齦腫痛的藥買了五、六種，又買了些清熱去火泡水喝的東西一併打包，連著她剛織好的圍巾一起用快遞寄了回去。

第三十六章　我很想你

陸星延收到包裹時一頭霧水。

手寫的寄件單本就簡略，隔了兩層複印紙，筆跡更是淺淡，他根據寄件地址P大，才反推出寄件人那孤零零的一個字是沈，那一串龍飛鳳舞的手機號碼屬於沈星若。

包裹裡有一條咖啡色圍巾，還有一袋亂七八糟的藥片和養生茶。

平日沈星若也會寄些吃的、穿的、用的給他，但基本上都是網路上下單，店家直接寄過來。這次寄來的一包……看起來真的很像寄錯了地方。

陸星延打開手機準備問問，沒等打字，就瞥見了之前和沈星若的聊天記錄。

他後知後覺拿起那些藥查看療效。

——靠！沒寄錯，就是給他的！

沈星若以為他真的牙疼，寄藥給他了！

還有愛心手工圍巾！

陸星延唇角瘋狂地上揚，心裡一下子像是被灌進一壺蜂蜜，甜到不行。

說起來，他家白孔雀雖然常年擺著性冷淡的冰塊臉，嘴上也不饒人，但內心還是很溫柔細膩的，而且是個妥妥的行動派。

上次李乘帆炫耀他家34D要織圍巾給他，他表面上不在意，可心裡有點酸酸的，於是在沈星若面前提了一下。

沈星若像是沒聽懂般，只「哦」了一聲，再無下文。

他頓了頓，想想沈星若織圍巾的畫面……算了算了，是他想太多，再也沒提起這事。

想不到沈星若雖然沒說什麼甜言蜜語，但背地裡不聲不響就織了一條給他！而且還有花紋，顯然是認真學了什麼複雜的針法！

不像李乘帆那個34D，嘴上說得好聽，一條圍巾三個月了也沒看見影子。

想到這，陸星延更是被甜到快暈過去了。

他火速戴好圍巾，占據全身鏡前視野最好的一畝三分地寸步不讓，時不時撥弄頭髮，凹兩個造型自拍，完了還叫來陳渡，讓他選哪張拍得比較帥氣。

「你發什麼騷？」陳渡一臉莫名其妙。

陸星延調整一下圍巾，故意做出一副漫不經心的姿態，說：「我女朋友織給我的，怎麼樣？」

陳渡：「……」

「你上次見到我女朋友了吧，你別看她挺高冷的，其實外冷內熱，對我真的沒話說，我隨口說了句牙疼，她就寄藥過來了。」

陳渡：「……」

他回想上次沈星若來星大時那強大的氣場，總感覺陸星延是被壓制太久已經陷入了自我意淫。

那冰山小姐姐，織圍巾？送藥？

送人位列仙班還差不多。

聽陸星延說完，他拍了拍陸星延的肩膀，語重心長道：「延哥，你高興就好。」

陸星延一臉莫名其妙。

我他媽當然高興。

他看著陳渡搖頭晃腦還嘆著氣往外走，也懶得管，轉而在狐朋狗友群組裡又炫耀一番，著重傷害一下李乘帆，然後還上傳了個九宮格的動態。

沈星若沒理他傳過去的各種梗圖貼圖，倒是在他的動態點了個讚。

一同點讚的，還有已經被解除遮蔽的裴月和陸山。

冬日大雪紛紛揚揚，陸星延靠沈星若寄來的寶貝圍巾續命，艱難地熬過了挑燈夜戰的非人考試週。

P大放假比星大要早，一月中旬各院系就陸陸續續地結束了期末考試。

大家收拾行李，踏上回家過年的旅途。

沈星若不想影響陸星延考試，加之學校還有小組活動可以提前完成，她索性留到了陸星延考試結束才回星城。

然後又在星城待到臨近過年才回匯澤。

異地戀在一起的時間本就少，自是分分秒秒都值得珍惜。

陸星延黏她黏得很緊，但也沒有攔著不讓她回家的道理，思前想後，乾脆也跟去了匯澤，美其名曰旅遊，實際卻是賴在沈家不走。

兩人的成績都趕在年前出了爐。

沈星若這學期在臥虎藏龍的P大依舊拿到了全系第三、綜合評分第二的好成績。

陸星延缺少沈老師的日夜鞭策，成績就有點不夠看了。

雖然沒吊車尾，也沒被當，但這樣的科系成績和綜合評分，下學期想申請P大的交換生，大概沒戲。

沈星若也不知道是看開了還是怎麼樣，看到他的成績也沒多說什麼。

不過陸星延自己心虛得很，也很焦慮擺脫處男身分這件事，所以寒假還是每天堅持打卡五十個單字，分享到社群動態上。

今年冬天格外的冷，大多時候都無法出門，但窩在屋子裡，一個寒假也不知不覺窩過去了。

雖然放假時間不盡相同，但各大高校的開學時間都很接近。

沈星若正月十五開學，連元宵節都不讓學生在家過，陸星延也沒好到哪去，只晚一天，正月十六。

如果說大一的第一個學期是用來適應，那第二個學期怎麼樣都該步入正軌了。

看到課表安排，沈星若發現這學期的專業課比上學期要多三大節，而且不同階段會有不同的選修課，加在一起算一算，比第一學期的課業負擔要重上不少。

而且這學期，課外的活動也愈發多了。

剛開學，聯合國教科文組織的某位局長便要訪問P大，沈星若和另外三名同學被選中參與接待。緊接著又有某位日本著名語言學家和史丹佛東亞語言與文化學系的某位教授前來訪問，這兩次沈星若也被選中，參與了接待。

P大這樣的學校，最難能可貴的就是能為學生提供豐富而又珍貴的資源。

這資源不僅僅是包括教育教學，更多的是著眼於未來的發展與際遇。

有句話說得沒錯，知識也許不能改變命運，但眼界可以改變人生。

在大學這樣的小型社會裡，每一次際遇的碰撞，可能都足以改變往後數年的人生軌跡。

星大是一流大學，自然也不差。

這學期剛開學，文學院便接連舉辦了四場名家講座，串聯起了一個「文藝人生」的主題。

陸星延以往最煩這些，但可能是上學期考得不如人意，這學期他想發憤圖強，所以連以往從不參與的講座也去聽了好幾場。

這些鹽吃得比他吃的米還多的專家學者說話有那麼幾分道理，一系列的講座聽下來，陸星延感覺很有收穫，回到寢室還能總結心得交小作文給沈老師。

這次聽完一場講座，他照例在電話裡和沈星若分享心得，分享完他才後知後覺地發現，沈星若好像……有些過分安靜了。

「沈星若，沈星若？妳怎麼了，都沒聽見妳出聲。」

『我沒事。』

她的聲音聽起來輕飄飄的，有點虛弱，陸星延覺得不對，「是不是身體不舒服，我聽妳的聲音不太對。」

『只是生理期來了，睡一覺就好了。』

沈星若嘴唇發白，額頭上大滴大滴的冷汗往下滑，整個人蜷縮在被窩裡，小小一團。

陸星延一聽，眉頭皺得緊緊的，「妳這個月怎麼現在才來，寢室有沒有人在？喝紅糖水了嗎？」

『嗯。』沈星若敷衍。

可陸星延聽出來了——她寢室沒人，也沒喝紅糖水。

沒辦法，這段時間沈星若都在忙著接待前來訪問的學者教授大使，接待往往都是全程陪同介紹，大家還要一起吃飯。

學校為了迎合對方飲食習慣，大冬天的滿桌子都以生冷食物為主，沒有多少熱菜。

作為陪同者，她總不能筷子都不動一下，或多或少也吃了一點。

而且他們接待時都要穿正裝，正裝下半身是裙子，雖然大多時候都待在室內，但也免不了在外晃一小段路程，幾天下來，難免受寒。

為了這段時間的接待行程，她還特地吃了藥推遲生理期。

遲是遲了，來的時候卻格外兇猛，而且還伴隨持續性的低燒感冒。

她請了假休息，室友卻都要上課，寢室裡安靜得不像話。

因為她的敷衍，陸星延在電話那頭表現出了很明顯的不放心。

沈星若不想讓他聽出端倪，只好隨便找藉口很快地掛斷了電話。

——沒有陸星延的聲音，寢室裡更安靜了。

她閉上眼，一聲不吭忍受著不知如何形容的難受。

其實，今天是個特別的日子，是……她和陸星延相識兩年的紀念日。

兩年前的今天，她從匯澤前往星城，在陸家第一次見到陸星延。

哦不對……據陸星延所說，他們的第一次見面應該是在高鐵上。

只可惜她對自己借水的事情有印象，卻對借水的對象毫無印象。

今天還是她媽媽的忌日。

大概是因為年紀小的時候不太成熟，總想用一種決絕的姿態和背叛者宣告離別，所以當初她特地挑了宋青照的忌日離開匯澤。

而且三更半夜還坐在陸家窗臺上把玩著打火機，幼稚地想要燒掉他們一家三口的合照。

當初那種隻身一人前往陌生城市的孤獨，在往後兩年裡，其實已經被她慢慢遺忘。

可這時躺在床上，她久違地回想起來了。

她突然有點想念沈光耀，又有些想念裴月，還特別……想陸星延。

正在這時，她的手機震動起來。

陸星延傳來了視訊電話邀請。

沈星若很想見他，但沒接，因為不想讓他看到自己狼狽的樣子。

陸星延卻也鐵了心，一遍不接就兩遍、三遍一直打。

好半晌，沈星若接了。

看到螢幕裡沈星若躺在床上，臉色蒼白小臉細瘦，明顯很虛弱的樣子，陸星延感覺自己的心被揪了一下。

他很煩躁，一時沒忍住，語氣很差地凶了一句，『妳在搞什麼？把自己弄成這個鬼樣子。』

沈星若眼睫垂著，沒有血色的唇抿得很緊。

陸星延難得見她這麼低眉順目，還訓上癮了。

沈星若至始至終都也沒反駁，等他說完才很輕地說：「我肚子疼，寢室也沒有人。」

「陸星延，我很想你。」

她故作平靜的聲音裡，有一點點掩飾不住的脆弱和委屈。

那麼一瞬間，陸星延的眼睛紅了。

晚上九點，沈星若的室友們陸陸續續回寢室。

大家都很關心沈星若，帶飯的幫她帶飯，接熱水的幫她接熱水，還有人幫她泡紅糖薑茶、傳課堂錄音給她。

沈星若下床洗漱，喝了點熱粥，臉上也恢復了一點血色。

她還是渾身難受，但已經沒有下午那麼難受了。

在床下和室友們說了一下話，沈星若抱著充好電的暖水袋爬到床上，準備繼續睡覺。

可她剛躺下，在陽臺晾衣服的蘇姣就一臉驚訝地回頭看她，吞吐道：「星、星……星若，妳男朋友好像在樓下，我的天哪，妳要不要來看一下，該不會是我看錯了吧？」

沈星若一愣。

不等她去看，另外兩個室友都跑去看了。

只是夜色昏沉，兩人覺得像，但不敢肯定。

而這時，沈星若的手機震動起來了。

蘇姣回頭，「他在打電話，是打給妳嗎？」

沈星若的目光黏在手機的來電顯示上，動作凝固了好幾秒。

忽然，她動作很快地掀開被子，從床上爬下來，穿著棉拖鞋就往外跑，室友在她身後叫她穿個外套她也沒回應。

帝都二、三月份，冷風蕭瑟，雪也紛紛。

陸星延圍著沈星若織的圍巾，站在宿舍樓下，一遍遍打電話。

站了一下子，他頭上已經落了不少雪花。

正當他想該不會又鬧了什麼烏龍沈星若根本就不在寢室的時候，有一道熟悉的身影從宿舍門口跑了出來。

他維持著打電話的動作，眼睛一眨也不眨，直直看向來人。

過了好幾秒，他才收手機，就那麼懶洋洋站在那裡，伸開了雙手，忽然一笑。

沈星若本來都已經躺進被子裡了，身上只穿了一套深藍色的睡衣，頭髮也是鬆鬆垮垮綁了個低馬尾。

她一路跑下來，頭髮散開，寢室裡積攢的那點熱氣早就消散殆盡。

陸星延朝她張開雙手，她直接撲進了陸星延的懷裡。

只不過陸星延在雪地裡站這麼久，身上也已經滿是新雪清冷的味道，寒絲絲的，讓人忍不住打顫。

陸星延本來還在笑，瞥見她露出的光裸腳踝，唇角倏然拉平，「穿這麼一點，鞋也不換，襪子也不穿，嫌自己病得不夠厲害還是以為自己在走睡衣秀啊？」

他難得有資格訓沈星若兩句，邊訓還邊取圍巾，一圈一圈幫沈星若繞上，緊接著又解開大衣釦子，重新將人攬入懷中。

他裡面穿了毛衣，是暖和的。

沈星若沒說話，抱他抱得更緊了些。唇角不自覺地上揚，眼睛卻是酸酸的。

她以前從來沒想過，這輩子會有一個人，可以讓她這樣感動。

陸星延也沒再出聲，只是摸了摸她毛絨絨的腦袋，又低頭，親了親她的頭髮。

下午掛斷視訊電話後，他立刻訂了最近一班飛帝都的機票，什麼都沒帶，孤零零地一個人趕往機場。

他知道，沈星若如果不是真的很難受，難受到完全忍不下去了，是絕對不會在他面前流露出脆弱的那一面的。

他是沈星若的男朋友，如果在她最難受的時候都不能陪在她身邊，那他還有什麼用？

一路上他都在看手錶，從來沒有那麼希望時間可以縮短一點，再縮短一點。

直到此刻，擁抱的實感才慢慢撫平了他這一路的焦躁和不安。

兩人一起回到公寓。

沈星若是回寢室換過厚外套和雪地靴的，但可能是下樓那時穿得太單薄了，她好轉沒多久的狀態，到公寓後又急劇下降。

窩在沙發裡歇了歇，沈星若發現自己已經感知不到是冷是熱，腦袋昏昏沉沉的，肚子也開始絞痛。

陸星延見狀，想帶她去醫院。

她不肯，說帝都的醫院排隊要排很久，而且她只是感冒生理期，不用這麼麻煩。

陸星延問：「妳怎麼知道醫院排隊要排很久？」

沈星若沒接話，只是閉眼抱住抱枕。

這時也不是追究的時候，陸星延在網路上找了些驅寒的方子，見超市外送的蔬菜區還有薑，便跟紅糖一起買了點。

外送到了後，他不甚熟練地幫沈星若煮了杯紅糖薑茶，剩下的老薑切片，放進一大桶熱水裡，讓沈星若泡腳。

沈星若的腳小巧白嫩，連趾甲也是瑩潤可愛的。

陸星延幫她按了按。

見她病懨懨的提不起精神，陸星延又故意去聞腳丫子，然後做出一副誇張的嫌棄模樣，「沈星若，我跟妳說，妳這腳丫子的味道要是傳揚出去，妳的人設就毀了，也只有我不嫌妳，還捧妳的臭腳。」

沈星若掀起眼皮看了他一眼，不知怎麼的，很輕地笑了一聲，腳揚起一點水花。

泡完腳，沈星若被陸星延裹得好好的，用公主抱抱到了床上。

陸星延也很快洗漱完，鑽進被子裡陪她。

其實她的體質向來普通，剛到帝都的時候有點水土不服，病了好幾次。

記得有次吃錯東西得了腸胃炎，都快脫水了她還強撐著自己去醫院排隊掛號。

當時適逢週末，陸星延要來看她，她找了個理由搪塞讓他別來，一個人硬生生地熬了過去。

這次她也以為一個人能熬過去的，可陸星延來了。

被人這樣放在心尖上對待，她才發現，自己很貪戀這種被人珍視的感覺。

帝都深夜雪還落個不停，陸星延躺在沈星若身邊，「寶寶、寶寶」地哄著，還很有耐心地幫她揉肚子。

沈星若說重了，他就輕一點。說輕了，他就重一點。總之是百依百順。

到了凌晨兩點，沈星若才略微好過一些，皺著眉頭沉沉睡去。

見她睡熟，陸星延也終於舒了口氣。

從星城來的這一路上都沒休息，他早已經非常疲累。

輕手輕腳起身，去上了個洗手間。

回來時，他關掉落地燈。

剛鑽進被窩，沈星若就側過身下意識地縮進他懷裡，還喊了聲他的名字。

陸星延：「寶寶，醒了？」

沒聲音。

那就是沒醒。

陸星延抱住她，借著雪夜淺淡昏暗的光線，輕輕幫她舒展開皺起的眉頭，心臟好像也塌陷了一塊，軟得一塌糊塗。

雪後初霽，次日一早，天光大亮。

陸星延剛過七點就醒了，迷糊間撈起手機看了一眼。

週五。

那今天有一節現代漢語和一節心理選修，現代漢語還是早上一、二節，要命。

大概過了七、八秒，陸星延才忽然想起，他現在不在星城，昨天也已經跟老師打過電話請了假。而且，他現在有整整三天的時間可以用來陪沈星若。

這種感覺怎麼形容呢。

就像是做夢得了絕症結果醒來健健康康而且還返老還童了。

真他媽爽。

沈星若就沒他這麼爽了，雖然上午沒課，但下午滿堂。

在陸星延懷裡醒來時，她身上暖洋洋的，除了血流成河的感受依舊明顯，其他不適感已經褪去九成。

她一點也不想動，就靜靜看著陸星延的睡顏。

陸星延其實清醒後就再沒睡著，也早就發現沈星若在看他，於是順勢裝睡，想等沈星若來個偷親。

可沈星若沒有。

過了快五分鐘，他裝不下去了，睜開眼懶洋洋問：「一直看我幹什麼？」

沈星若倒沒什麼被抓包的心虛感，想了想，說：「大概是被你的絕世美貌迷住了吧。」

陸星延笑，低頭親了親，聲音帶點沙啞，「怎麼樣，肚子還痛不痛？」

「不痛了。」

陸星延又用額頭去觸碰她的額頭。

溫度正常。

他鬆了口氣，「以後不舒服不要自己硬扛，都要告訴我，知不知道？妳什麼事都不告訴我那妳交男朋友幹什麼？我看別的女孩子都可會撒嬌了，一個不如意就哭天搶地要人哄的，妳倒也吱一聲啊。」

「吱。」

「……」陸星延默了兩秒，又輕哂，「好啊，今天這麼聽話，那妳撒個嬌？」

「……」

撒嬌？

見她繃著張臉，陸星延覺得自己想太多了，「算了，當我沒說。」

可他話音剛落，沈星若就突然抬頭看他，喊了聲，「若若的小可愛，我想喝奶茶？」

陸星延：「……」

雖然沈星若的聲音清清冷冷和可愛沒什麼關係，但她的眼睛很亮，睫毛又長，一本正經看著人說些萌萌的話的時候，倒是顯現出了一種比較奇特的可愛。

沈星若加大力度，「若若的小可愛，我還想吃蛋包飯。」

對不起，他可恥地被喊硬了。

為了對得起沈星若那兩聲小可愛，陸星延一口氣點了三杯熱奶茶和兩家不同的蛋包飯給她，點完兩人又一起看戀愛綜藝，十分老夫老妻。

只不過沈星若柔軟的身體一直貼在他身上，還帶了種特別難得的依賴感，隨便動動都很像在撩撥些什麼，陸星延難免有點不健康的想法。

一開始沈星若沒發現，等到小腿不經意間觸碰到他下身高高支起的帳篷，兩人不約而同靜默下來了。

靜默十秒，陸星延認命地放下平板，準備起身去洗手間解決。

可沈星若卻拉住了他的衣角。

他頓了頓。

沈星若：「我幫你。」

在此之前，沈星若只用五指姑娘幫過他一次，之後說什麼也不肯，總有很多理由。難得沈星若主動，又是刺激的大白天，陸星延當然是十分感動然後愉快地接受了。

大約過了四十多分鐘完事。

陸星延額前的瀏海已經濕噠噠，眼底染了紅。

沈星若默默轉過身，拿濕紙巾擦手。

手上火辣辣的，味道很嗆，還有點黏，她一根指頭一根指頭地擦，面上沒有表情，耳根卻紅得不像話。

陸星延的手從身後繞過來，落在她胸前，然後又從釦子間的縫隙往裡探。

他整個人也靠了過來，手上輕攏慢撚，還不忘在她耳邊沙啞著聲音放狠話，「沈星若，我一定會交換來P大的，妳給我等著，等我交換來了再和妳好好算帳。」

沈星若：「就四十分鐘算什麼賬。」

陸星延：「……妳現在是在嫌棄什麼？不是，四十分鐘已經不短了，而且這個觸感不一樣，時長也不一樣妳知道嗎？妳一個沒有經驗的處女就不要胡說八道了。」

「……你這個有經驗的處男可真是有理有據令人信服。」

第三十七章　一日不見，如隔三秋

對異地戀的情侶來說，分別像冗長的廣告和片頭曲，黏在一起的日子倒像八倍速外加快進的正片，都還沒做什麼就結束了。

週日傍晚，陸星延不情不願動身，返回星城。

沈星若送他去機場，兩人在安檢口依依不捨地鬥嘴，硬是拖到最後一刻才分開，頗有幾分十八相送的意味。

沒辦法，這學期兩人都忙，見面時間不如上學期多，一分別，至少又是大半個月。

陸星延回到星城後，第一時間便傳訊息跟沈星若報平安。

收到訊息的時候，沈星若剛好從教學大樓出來。她穿得很多，凜冽寒風中只餘一雙眼睛沒有遮擋，掏手機有點費力。

直到這時沈星若才發現，陸星延趁她不注意，把她帳號上十分樸素的全名備註改成了「若若的小可愛」。

他很會賣乖，等報完平安，又把自己手機上幫她改的備註名也截圖傳過來了——「我的寶寶」。

還一直傳各種不同的「寶寶」貼圖。

沈星若抱著書在雪地裡站了幾秒，冷風隨她按下圍巾的動作灌入衣領，卻不妨礙她彎起唇角，好久都沒放下。

她有點喜歡……「寶寶」這個普通又甜膩的稱呼。

帝都今年長冬，直到三月底，枝頭嫩綠細芽才輕輕顫動，隱祕地釋放出春日氣息。

四月初有清明小長假，沈星若本來打算回一趟星城，再和陸星延一起去給宋青照掃墓，但計畫趕不上變化，原定五月份的學校樂團赴美交流活動臨時提前。

沈星若去了趟美國，回來又遇上陸星延考試，零零總總算在一起——阿雞、阿雀已經四十八天沒會面了。

偏偏陸星延興沖沖打電話來，想這週末安排個見面的時候，沈星若又潑了好大一盆冷水。

陸星延：「寶寶，我這週也沒空去妳那裡，我們學校要搞那個什麼書香文化節，到週六才結束。妳這週有空吧，妳有空的話來我們學校，我陪妳一起逛逛。」

沈星若：『……我這週沒空，模聯大會也是週六才結束。』

陸星延的熱情一下被澆滅了大半。

他本來就對四十八天沒見面這件事十分怨念，一想到這個時間還要延長，他就開始胡言亂語一些「我們的愛情已經走到了盡頭」之類的。

還認認真真給她以「一日不見如隔三秋」為計算規則，計算出兩人已經分開一百四十四個秋天了。

沈星若的打擊一貫穩準狠，『你省省，你這輩子都見不到一百四十四個秋天的。』

陸星延被哽了哽，又很怨夫地 Diss 了她幾句。

在這段感情裡，沈星若任何時候看上去都是比較理智，或者說比較克制的那一方，但掛斷電話後，她坐在無人的階梯教室角落，默默看了好一會兒週日單天往返星城的機票。

大概是老天也不想讓他們這週見面，機票也沒有合適的時間。沈星若只好退出了購票軟體。

週六，P大舉行了今年的大學生模擬聯合國大會。

結束後，沈星若還和模聯社團的同學一起吃了飯唱了歌，回到寢室時已是十點。

她八點多就傳了訊息給陸星延，但陸星延一直都沒有回，也不知道怎麼回事。

洗漱完躺在床上，她又打電話給陸星延。

電話是通的，只不過無人接聽。

沈星若隨手滑了滑手機螢幕，忽然發現，星大文學院的官方帳號更新了。

這官方帳號是陸星延剛進學生會時上傳在社群的，說是讓各位親朋好友兄弟姐妹賣個面子關注一下，幫他漲點業務量。

沈星若關注大半年了，倒是第一次點進去瀏覽。

官方帳號最新更新的這篇文章是他們文學院書香文化節活動的總結，排版很精緻，但內容太長了，沈星若也沒太多耐心細看，就一目十行地拉到了最底部。

草草看完，她本來打算直接退出，可不經意間瞥到最底下的精選評論區，動作又頓了頓。

他們的官方帳號流量不大，截至目前流覽量不過三、四百。

這很正常，大多數院校經營的官方帳號都只是應學校長官要求做點東西，沒什麼實際用處。

大概是應付完了學校的工作指標，有他們學生會的人拿評論區當起了聊天場所。

透過短短幾句你來我往的留言，沈星若推測出，今晚他們文學院學生會的人是在聚會。

這些沈星若不怎麼關心，她的目光全都聚焦在某位名為「萌萌 0201」說的一句「阿延喝醉了」上。

俗話說得好，戀愛中的女生都是福爾摩斯。

只要她們願意，她們可以挖掘出所有隱藏在細微角落裡的蛛絲馬跡，然後透過證據和直覺串聯拼湊起一段真相。

沈星若的直覺很準。

她覺得，阿延就是叫的陸星延。

至於「萌萌 0201」，極有可能又是個想挖牆腳的敢死隊成員。

她躺在床上，憑藉「萌萌 0201」、「星城大學文學院」這兩處關鍵字，順藤摸瓜找到了陳萌萌早年註冊的論壇帳號，還有求資源時不小心留下的電子郵件信箱，再進一步地，找到了陳萌萌現在在用的社群帳號。

二十分鐘前，陳萌萌在社群上分享了一段影片。

影片拍的是KTV，人還挺多，光線不甚充足，鏡頭解析度也不高，但沈星若還是一眼就認出了歪在沙發上和人拚酒的陸星延。

這不是什麼難事，她對陸星延實在是太熟悉了，而且，陳萌萌的鏡頭本來就是對準陸星延的。

這段影片博還配了文字內容：『暗戀對象喝醉了怎麼辦，在線等，挺急的。』

下面有一、兩百則留言，還有五百多個點讚。

陳萌萌的社群有四萬多粉絲，活粉比較多，這三更半夜的還這麼多人留言按讚，比一些買了十幾二十萬粉絲，分享、留言、按讚仍停留在個位數十位數的要強上不少。

她簡介處掛的內容是：study account/ 暗戀日記

沈星若隨意翻了翻，這個帳號的歷史不算悠久，大概兩年前開始帶 study account 的 Hashtag 發文，至於暗戀日記，則是從她進入大學……軍訓開始。

ＳＡ（study accout簡稱）是近幾年流行起來的，發文的人大多是中學生和大學生，發文內容則是分享讀書經驗和日常，通常寫得一手好字，拍得一手好照。

至於讀書經驗是花架子還是真的有用，粉絲是為了看照片還是學方法，就不得而知了。

沈星若對ＳＡ網紅並不陌生，因為石沁的大學室友也是其中一份子，好像還有不少粉絲。

石沁和這室友很合不來，每每和她聯絡時，都要全方位吐槽這位室友，其中就包括對方做ＳＡ網紅的部分——

『真是笑死了，自己三天兩頭蹺課早退，上學期期末被當了兩科，還裝模作樣在網路上分享什麼讀書經驗！』

『她有個屁的讀書經驗，筆記全是抄我們寢室幾個人的，不然就是網路上找那種真學霸的筆記自己稍微改改謄抄一份弄得漂亮一點，再弄兩個濾鏡拍拍。』

『就這樣她還在網路上凹起了積極向上陽光可愛的學霸白富美人設，我也是服了。而且這年頭怎麼什麼都有人信啊，她說她粉絲裡還有你們Ｐ大的，這不是活久見嗎？』

石沁為了吐槽這位室友，也是真情實感視奸了很久ＳＡ圈。

據她發現，ＳＡ網紅裡確實有不少充數的，但也有不少是真學霸。

也不知道陳萌萌是因為學歷在這圈子裡不是很夠看，還是因為她有所顧忌，除了提到自己是在南方某所大學念漢語言文學，她並沒有暴露具體學校。

沈星若一路往下看，發現陳萌萌發的SA文，人氣明顯不如她發的暗戀文。

大概也是因為這個原因，她最近幾個月發暗戀文的頻率明顯高於學習日常。

大萌橙：『說出來你們可能不信，我現在對思想道德修養這門課程愛得深沉！因為上思修就可以見到他辣！而且我每次都去得超早！這樣才能搶到最後一排離他近一點，嗚嗚QUQ！另外小聲說一句：他朋友好多，每次都有不同班的幫他占後排座位。』

大萌橙：『今天又要去參加學生會的會議了，忐忑中……也不知道他會不會來，來了這會議就是考前畫重點的必聽課，不來就是思想史！不說了，我去找朵花扯扯花瓣預測一下！』

大萌橙：『哈哈哈哈哈太玄幻了！今天有女生在寢室樓下和他當眾告白，下場可以說是非常慘烈，感覺這學期都不會有人敢當眾和他告白了，本綠茶婊非常開心！』

她的每則暗戀貼文都很真情實感，自黑什麼的也玩得很溜，看起來就是一個可愛又率真的小姑娘。

——網路人設立得很不錯。

可她既然和陸星延同在文學院學生會，還這麼喜歡陸星延，又怎麼會打聽不出他已經有女朋友了。

退一步說，她傻白甜，消息閉塞，就是沒打聽到。

那她都提到有女生在陸星延寢室樓下告白，下場還非常慘烈了，又怎麼會不知道為何慘烈。

明明知道對方有女朋友，卻在網路上隱去這個先決條件玩情真意切，並且時不時編一、兩個小段子誘導粉絲以為兩人是曖昧狀態。

自稱一聲綠茶婊，倒是對自己的定位非常精準。

沈星若看完，有個念頭從腦海中一閃而過，旋即又覺得太過衝動。

她想了想，還是先在陳萌萌最新的影片下留了言。

沈星若做完這些再打陸星延電話，還是無人接聽。

她索性打給了李乘帆。

李乘帆正在和室友打遊戲，一聽沈星若的話，下意識就找藉口拒絕，他可不想摻和這兩位雞飛狗跳的異地戀渾水水，『若姐，妳打電話他都不接，我上哪裡找他啊，再說我現在不在學校，我……』

旁邊室友的聲音忽然亂入，『一波一波！幹死他們這群智障！』

李乘帆頓了頓，『我趕回去倒是沒什麼，關鍵還是這個找人，我找到了他也未必聽我的啊，喝醉了的人都有點不受控制。』

沈星若：「你就告訴他不准再喝，再喝分手。」

李乘帆：『……』

我靠，喝個酒現在已經這麼嚴重了！

他本來還不怎麼上心，學生會聚一聚喝個酒多正常一事啊，但沈星若突然間把問題上升到了分手的程度，他一下子就清醒了——這他媽要是中間出了什麼差錯真的分手了，陸星延還不把這仇記在他身上？

李乘帆一溜煙起身，和室友打了聲招呼，「你們先玩，我去找個人，找完回來繼續。」

沈星若和李乘帆都不知道，在他們通話後的第五分鐘，陸星延就回到了宿舍。

陸星延是有點醉了，但腦子還不至於不清醒，看到未接來電裡有沈星若和李乘帆，他捏了捏鼻樑，先回撥了沈星若的。

電話接通得很快。

沒等他開口，沈星若就問：『你現在在哪？』

陸星延：「剛回寢室，我們文學院不是辦那個，書香文化節的活動嗎？辦完了就在外面吃飯、唱歌，聚了一下。」

他的聲音聽起來有掩飾不了的醉意，不過吐字清晰，也沒吞吐，應該沒有醉得很厲害。

沈星若『嗯』了一聲，『那我睡了。』

陸星延頭昏腦脹的，沒多想，也跟著說了聲，「晚安。」

等沈星若掛斷電話，他又回撥給李乘帆，「打我手機幹什麼？有屁快放。」

面對李乘帆他的語氣就作威作福多了。

李乘帆正找他找得焦頭爛額，『陸大少爺！你玩到哪去了？電話不接訊息不回，我剛打電話給你們學生會的，又說你們早就散了！』

『你人呢？你老婆電話都到打我這來了，讓我把你拎走不准再喝，再喝她就要跟你分手！』

「……什麼東西，你再說一遍？」

陸星延甩了甩腦袋，聽到「分手」這字眼，酒都醒了一半。

『不准再喝再喝分手，這可是你老婆的原話！』李乘帆重複。

陸星延邊聽邊回想剛剛通電話時沈星若那冷淡的態度……

主要是她平時也沒熱情到哪去，所以沒說兩句就要去睡覺他也沒發覺什麼不對，可現在他越想越覺得，哪裡都不對！

他本來想立馬掛了李乘帆的電話打給沈星若，但他忽然想起一件事，「沈星若怎麼知道我在外面聚會，而且還喝酒了？」

李乘帆瞪大眼睛，『我怎麼知道她是怎麼知道的，我還是因為她先知道才知道的。』

陸星延被繞得頭暈，心想這他媽不念中文的就是沒文化，說個話都說不清楚。

他索性掛了電話，直接找沈星若。

電話打了兩次，沈星若沒接。

他開始傳訊息，不管三七二十一先擺出誠懇的認錯態度再說，雖然他並不知道自己又哪裡錯了，緊接著又用上了撒嬌賣萌讚美裝可憐等十八般武藝。

沈星若的態度終於有所鬆動。

她什麼都沒說，只傳來了一張截圖。

陸星延認出來了，這張截圖是他們文學院官方帳號新上傳的書香文化節活動總結，但沈星若截的是底下留言區。

陸星延看得另一半酒也醒了。

難怪發這麼大火！

若若的小可愛：『！！！』

若若的小可愛：『寶寶妳誤會了，學生會有個學長叫我阿延，然後很多人也跟著他一起喊，這個女生我不怎麼熟悉，只是有些工作是一起做的，偶爾說幾句話。』

別人喊你就讓人喊。

很好。

若若的小可愛：『而且上次在宿舍樓下和我告白被妳撞見的那女生是這個女生的室友，妳想想妳上次那正宮架勢，她還敢對妳老公有什麼非分之想嗎？』

室友？

沈星若對陳萌萌的意外多了一重。

緊接著又挑剔了一下「正宮」這個字眼，說得好像還有偏房似的。

若若的小可愛：『若寶，我錯了，我以後出去喝酒一定和妳報備，一定時時刻刻看手機，也絕對不讓別人再喊得這麼親密了！』

他這種「認錯態度良好但堅決不改下次還敢」黨派的核心成員，保證總是說得非常漂亮，聽聽就好。

沈星若不置可否，看他寫完小作文，非常高冷地「嗯」了一聲，然後留下「晚安」二字就再也不理會。

她倒不是覺得陸星延會劈腿變心，也不是不許他出門聚會喝酒，但就像陳萌萌那個影片底下，很多粉絲開玩笑說讓她直接撲倒那樣，他成天在外面玩也沒什麼分寸，萬一被別有用心的灌醉睡了怎麼辦？

再狗血一點，睡了之後懷孕，用小孩當籌碼非要嫁進陸家，也不是沒有可能的。

畢竟藝術都是來源於生活，不然她也懶得找李乘帆去抓人了。

她沒再理陸星延，重新登上社群看自己的留言。

果不其然，被刪了。

她不在意，戴上眼罩，又掖了掖被角。

沈星若睡得心安理得，星大卻有人徹夜難眠。

陳萌萌這個帳號經營兩年多了，以前發ＳＡ的內容反應很平淡，到上大學才幾千粉。可自從她開始寫暗戀日記，粉絲增速一下子就提上來了。

因為活粉多，還有不少小商家想找她打廣告。

但她不是沒頭腦的人，並沒有急於變現，還在兢兢業業操人設。

由於怕被人認出是星大的學生，她每次都會模糊關鍵資訊，自拍和陸星延的偷拍都只發側臉和背影。

昨晚的影片是五萬粉的提前福利，ＫＴＶ內光線昏暗，也沒辦法看得特別清楚，她本來準備二十四小時就刪。

想不到晚上看留言，突然看到一則『妳難道不知道他已經有女朋友了嗎？』

她一下慌得頭頂都發麻了，當機立斷刪了留言，然後又做賊心虛地刪掉了整則發文。

可刪完，她心裡還是七上八下的，腦海中也閃過諸多猜測。

這一整晚她都沒睡，一直守著留言區。

陸星延也一晚沒睡好，本來喝了酒腦袋就有點暈暈的，沈星若的態度還那麼捉摸不定，他翻來覆去睡不著，乾脆滑了滑購票軟體。

這一滑，還真的被他滑出了一張明早飛帝都的餘票，他有點猶豫，這學期的週一都是滿課，明天往返帝都，那百分之八十的時間都會耗在路上。

但他和沈星若已經快兩個月沒見面了。

而且沈星若生氣了。

去。

必須去。

有什麼事比見女朋友更重要？

為了見女朋友有什麼困難不能克服？

這點魄力都沒有還當什麼中華兒女炎黃子孫？

他頭腦一熱，等回過神來，航空公司已經出票了。

第二天陸星延醒得很早，在鏡子前收拾成了機場最帥的小雞仔才匆匆出門。

沈星若也醒得很早，因為今天她打算和室友蘇姣一起去車展。

蘇姣是去車展兼職做車模的。

她家庭條件普通，今年家裡還陸陸續續出了些事，負擔一下子變得很重。

上學期她一直在做一對一的家教，這學期又從老師那接了兩本書的翻譯，還接了一個土豪的傳記撰寫，報酬豐厚。但這些事一天做不完，來錢有點慢，所以她偶爾也在外面做一些來快錢的私活，比如車模。

帝都三不五時就有大大小小的車展，她長得漂亮身材好還是名校學生，經人牽線，能搭上的品牌檔次都比較高。

品牌檔次高就意味著，品牌方不屑做一些讓車模坦胸露乳走光來吸引眼球的下作事情，也不用勁歌熱舞賣力吆喝，只要穿著好看的禮服站那，擺足高冷模樣就夠了。

這次春季車展小有規模，蘇姣還早早搭上了 Aston Martin 的展區。

沈星若在寢室聽蘇姣說了些車展的消息，想起陸星延一直想買車但遲遲沒下決定，打算和蘇姣一起去看看，想著看到不錯的還可以傳影片給陸星延以備參考。

早上八點，舉辦車展的會展中心還比較冷清。展區沒到開放時間，沈星若只好陪蘇姣一起去了服裝間。

所謂服裝間也就是臨時空出來的一間空房間，裡面連張像樣的椅子都沒有，都是塑膠板凳，衣服也是亂七八糟隨便亂掛，身材高挑的女孩子穿梭期間，嬉笑打鬧。

沈星若對這樣的環境有點陌生和不適，但她沒表現出來，自己找了個安靜角落玩手機，儘量不給蘇姣添麻煩。

蘇姣剛化完妝，就有統籌的人過來分發衣服。

「……周美麗、楊漾、蘇姣，過來拿一下妳們的衣服和鞋子。」

蘇姣起身，甜甜地說了聲「謝謝」，還不忘和統籌打關係。可看到衣服尺碼，她面上笑容一頓，「劉哥，這衣服不是我的尺寸，是不是弄錯了，我穿不下。」

被喚做劉哥的人湊近瞧了一眼，「沒錯啊，這不是妳的身高、體重、三圍嗎？」他將統計表格給蘇姣看了一眼。

蘇姣看到前面的「一六五公分，四十四公斤」就立馬否認，「這不是，我一七四呢，怎麼可能一六五，鞋子就更不對了，我要穿三十九，這數據全都不對。」

「這不是玩我嗎？妳是浩哥那過來的人吧，浩哥給的資料我這邊都是直接列印出來的，衣服也都是按資料訂的。」

這時計較哪個環節出了錯顯然沒意義，蘇姣連忙問：「那劉哥，還有大一點的衣服嗎？這件我肯定穿不下，硬塞都塞不下。」

「哪還有啊，只有三件，按照妳們的尺碼拿的，Aston Martin 那邊的衣服品質都不一樣！」劉哥也頭大了，「要不然妳先試試？先硬塞一下？」

蘇姣無語，以為她海綿呢還硬塞一下！她有些焦頭爛額。

說起來這事完全不是她的錯，她報數據都有聊天記錄的，但身為這條食物鏈的底層，她也不能去追究自己任何一個上線，只能自己想辦法解決。

如果解決不了留下個爛攤子一走了之，當然對車展不會造成什麼重大影響，但以後就別想撈這點快錢了。

她的腦袋飛速運轉著，目光不經意間掃到角落在看手機的沈星若，忽然有了想法，但心裡有些不確定。

「我？」沈星若抬頭，望向蘇姣。

蘇姣點了點頭，小心翼翼地說：「妳放心，是Aston Martin，我之前跟妳講過的，只要穿著禮服在旁邊當花瓶就好，不用唱歌跳舞。」

見沈星若不出聲，也沒答應的意思，蘇姣有些著急了，她雙手合十可憐兮兮道：「星若妳幫幫我好不好，馬上就要開始了，開始時是真的不能缺人，我一下子也沒其他辦法，妳看看，這個尺碼只有妳能穿了，妳就先幫我站一下，我等一下弄來了衣服就來跟妳替換！」

平日蘇姣對沈星若很好，裝熱水、占座位、帶東西，生病了也是嘘寒問暖，兩人在寢室算是走得比較近的。

沈星若看了一眼還算保守的禮服款式，也不知道在想什麼，最終還是收起手機，答應了。

中午十二點，陸星延趕到P大文學院的女生宿舍樓下。

他打電話給沈星若，可一直都無人接聽。

正當他準備打電話給何思越的時候，沈星若的室友吃完飯回寢室，剛好注意到他，和他試探性地打了個招呼，「Hello？你是星若的……男朋友？」

瞌睡來了有人遞枕頭，陸星延笑，很有禮貌地問了聲好，又問：「妳能幫我把若若叫下來嗎？」

「啊？她不在，她和我們宿舍一個女生一起去看車展了。」

「車展？」

室友點頭。

第三十八章　交換生

陸星延馬不停蹄趕到春季車展所在的會展中心時，已經是下午一點半了。

這次車展規模適中，展廳依據品牌定位畫分好幾片不同的區域，陸星延拿到小冊子找 Aston Martin 的位置。

Aston Martin 在最裡面的豪車展廳，豪車展廳人很多，但整個會場和前頭低中端車系展區相比較為安靜。沒有哪個品牌安排勁歌熱舞，銷售人員的態度也比較冷淡，人流來回穿梭，基本上都是拍拍照，只看不買。

陸星延一眼就找到 Aston Martin 的標誌。

Aston Martin 這次只來了三輛車，不過每輛車都配置了一名車模，站在一旁展示。

陸星延本來是想找一下蘇姣，可這一掃，他的目光卻鎖定在身穿香檳色裸肩魚尾禮服的沈星若身上，怎麼都移不開。

我靠！什麼情況？

陸星延愣了好久。

目光也從呆愣、震驚逐漸轉化為驚豔和失神。

沈星若身上有種淡淡的疏離感，也沒站得多麼妖嬈，單手搭在腰間，與豪車的愛理不理氣質格外契合。

見他一直盯著自家車模，眼神十分癡漢，銷售人員不自覺地往他身前擋了擋，順便擺出一張無懈可擊又隱含Diss的笑臉，「先生，您想瞭解一下我們家的哪款車呢？」

陸星延可能是酒還沒醒，有點頭暈，目不轉睛的說：「你讓讓，讓她給我講解，我要買她展示的那輛。」

我老婆的周邊必須擁有！

地方只有這麼大，陸星延一個大活人站那沈星若不可能注意不到，她目光稍轉，猝不及防對上了陸星延的視線。

陸星延趕忙繞過銷售小姐走到她面前。

沈星若稍感意外，「你怎麼來了？」

雖然有很多話想說，但她知道，現在不是閒聊的場合。

望了他身後的銷售小姐一眼，她解釋，「我室友來兼職，臨時出了點狀況，我幫她頂一下，她應該就快過來了，你不是想買車嗎，剛好可以逛逛，等等我來找你。」

沈星若穿了高跟鞋，但身高還不足以與陸星延平視。

陸星延低頭，幫她理了一下頭髮，「是要買車，我覺得這輛就不錯。」

沈星若：「……」

「我沒開玩笑，是真的覺得不錯。」陸星延說，「妳站多久了，還穿高跟，腿是不是很痠？行了，妳先進車裡坐坐，我就說是讓妳跟我講解。」

當我是死的嗎？

銷售小姐就站在他身後，非常無語。

可沒等她刷存在感，陸星延就適時回頭，「姐姐，妳放心，我不是來蹭坐的，說了要買就是要買。我表哥 one77 都有，一輛 DB11 妳還怕我偷回去？」

「我女朋友穿不了高跟鞋，站這麼久腿都站麻了，妳讓她休息一下，我和她說一下話，該怎麼簽單，排單排多久，還有選配清單什麼的，妳都整理一下，我只負責刷卡，妳看這樣行不行？」

one77。

如果沒記錯的話總共只有那麼幾輛，一輛就要好幾千萬。

銷售小姐愣了愣，驚豔閉嘴。

蘇皎最終也沒弄來一套合適的衣服，但由於陸星延當場簽了筆單要帶走沈星若，銷售小姐也沒二話，還向沈星若保證了缺一個人沒關係，他們絕對不會為難蘇皎。

蘇皎接到劉哥的電話時實在有點搞不清狀況，劉哥的態度和平時大不相同，既親切又和藹，而且一上來就說了一大堆讓人聽不懂的話。

蘇皎聽半天，來來回回整理思緒才弄明白，「什、什麼？我朋友的男朋友……買了我站的那輛……車？她男朋友來了？」

『是啊！』劉哥繪聲繪色把在車展輾轉流傳已經完全誇張化的謠言說給了蘇皎聽，『妳那朋友什麼來頭！她男朋友家還有一輛one77妳知道嗎？one77什麼車妳知不知道，妳也不用知道，妳只要知道它要四千七百萬就行了！』

『而且他今天買這輛車妳知道是為什麼嗎？就是為了讓他女朋友歇歇腳，他說他女朋友穿高跟鞋站得太累了！這他媽是什麼玄幻故事！』

蘇姣直接傻了。

她知道沈星若和她男朋友家境好，不然也不能輕輕鬆鬆負擔異地戀的週週飛的機票了。

可這個、這個買車歇腳，也真的是太玄幻了吧。

蘇姣：「劉，劉哥，沒搞錯吧，這怎麼可能。」

劉哥：『哪裡不可能啊！千真萬確！』

所以說流言就是很魔幻。

陸星延本來就因為許承洲考了個Low到地心的成績還能到澳洲開跑車瀟灑，他考星大卻只配來回計程車偶爾還要搭個地鐵就差沒站路邊等摩托車這事十分怨念，所以購車目標一直都是跑車。

當然這裡面也有沈星若站這輛車，他覺得這輛車和沈星若的高冷氣質很搭的緣故。

但如果沈星若今天站的是one77，他買不起也就安靜閉嘴了。

蘇姣回到P大時整個人還輕飄飄的。

偏偏她在宿舍樓下又遇到了在追沈星若的國貿系大二學長。

這學長從上學期軍訓就開始追沈星若，一直未曾間斷。

其實追沈星若的人不少，但大部分知道她有男朋友之後，都很識趣地知難而退了。

只有這學長，大概是自我感覺良好覺得自己高富帥才華橫溢追人就應該手到擒來無往不利。

一遇到沈星若這鐵板就覺得很新鮮，怎麼也不肯認栽，禮物流水一樣地送，什麼 Jo Malone 香水、Burberry 圍巾甚至還有好幾萬塊的戴妃包，一點都不心疼，起碼看起來不心疼。

其實如果是心理防線弱一點的女生，可能早就動心了，但沈星若完全不為所動，不收就算了，看都不看一眼。

可這學長在死纏爛打這件事上過不去了，還揚言說什麼沒有金錢打動不了的女生。

這時這位學長又想用萬惡的金錢來打動沈星若了，但他還算有點腦子，不直接去沈星若跟前找罵，而是找蘇姣幫他轉送。

蘇姣整個人都是游離狀態的，都沒聽清楚這學長說了什麼，只等他安靜下來，瞧了禮物一眼——愛馬仕的絲巾。

她頓了頓，抬頭對上學長的目光，眼神忽然變得清明，同時真心誠意地建議道：「學長，我勸你別送了，這些東西星若不缺，也不會要的。」

學長：「那她缺什麼，妳告訴我我買來送她。」

蘇姣目光稍轉，游離地看了看天邊雲彩，「她穿高跟鞋累，你能買輛 Aston Martin 給她歇腳嗎？」

「……」

蘇姣目光轉回來，「到不了這個程度的話，你還是歇歇吧。你的理論可能是對的，沒有金錢打動不了的女生，但你的金錢可能不夠多。」

學長：「……」

蘇姣在這邊用金錢不足理論勸退學長，另一邊沈星若和陸星延從車展出來，去商場吃火鍋。

沈星若沒想過陸星延只有這麼一天假還能跑來帝都，到吃火鍋的地方才想起來問：「只有一天你怎麼跑過來了，什麼時候回去？」

陸星延邊點菜邊說：「明天早上吧，我不是怕女朋友大人生氣，特地趕來哄妳？」

沈星若：「我什麼時候生氣了？」

陸星延見她不認帳就越起勁，「妳昨晚不是還和李乘帆說，我要是還喝酒就要跟我分手？我一聽酒都醒了大半好不好，恨不得找塊搓衣板讓妳遠程線上給我施家法。」

旁邊等候的服務生有點憋不住想笑。

鄉村小菜雞可能是剛剛喜提豪車，有點按捺不住興奮之情，飄得什麼話都敢說了，他邊將平板遞還給服務生邊說：「我們家家教可嚴了，兄弟我給你一個忠告，千萬別找這種長得好看又蛇蠍心腸的，一個不如意發作起來，我跟你講你根本不知道自己犯了哪條死罪。」

沈星若：「……我們不要鴛鴦鍋了，直接換成牛油麻辣吧，鴛鴦鍋他的腦袋塞不進去。」

服務生：「……」

沈星若：「我跟你介紹一下，活體燙頭，也是我們家家法裡的一種死刑。」

時隔近兩月排除萬難會面，雞雀之間卻沒有親昵只有互啄。

啄完一頓火鍋，兩人又去看了一場爆米花電影，然後在電玩區逛了一圈，時間一點都不夠用。

陸星延買了第二天早上八點的返程機票，為了在星城睡一晚，他還要蹺掉上午的課。

沈星若知道他又要蹺課了，但看他辛苦趕過來，也沒說什麼。

可陸星延就是個給點顏色恨不得發展成今年流行色的性子，早上五點多沈星若叫他起床，他一動也不動，抱著沈星若撒嬌道：「寶寶，我起不來。」

沈星若親了親他，「起來了，不然要趕不上飛機了。」

「趕不上就趕不上，反正都要蹺掉上午，不然下午的課我也不上了，晚上再回去吧。」他不經意間就說出了昨晚就已經醞釀好的說辭，「對了，妳今天幾節課？我跟妳一起去上蹭一蹭算了，妳們P大的課總不會比我們學校講得差。」

沈星若稍頓，忽然想到什麼。

見陸星延還睜不開眼，她從枕頭底下拿出陸星延的手機。

早上八點十五帝都機場飛往星城機場的航班訂單……取消狀態。

訂單取消的時間是昨晚十一點，也就是他們回到公寓的時候。

沈星若澈底沒了睡意，她平躺著看向天花板，忽然問：「陸星延，你覺得你有多大的幾率能拿到今年交換到P大的名額。」

陸星延差點又睡著了，聽到這話揉了揉眼睛，「嗯？什麼？」

他皺眉睜眼，瞥見兩人之間的手機，目光稍頓，忽然清醒。

他不死心地問了句，「妳看到了？」

沈星若沒說話，他腦海中卻已經奏起了死亡協奏曲。

「寶寶，妳聽我解釋，我就是覺得一早回去太倉促了，沒睡好下午上課也不會有精神的，我回去在課上睡覺還不如在這邊好好睡一覺多陪陪妳，妳說是不是？」

沈星若還是沒說話。

過了好半天，她才翻身側躺，背對著陸星延說：「那睡吧。」

陸星延：「……」

這他媽誰還睡得著？

他從背後抱住沈星若，問：「妳是不是生氣了，氣我蹺課，而且還準備再多蹺幾節課，覺得我這個樣子肯定無法交換來P大，一點都不上進？」

陸星延在沈星若君主集權的鐵血統治下討生活討久了，整個人都變得非常自覺，羅列自己的罪過都能由淺入深由表及裡反思出一篇深刻有內涵的小作文。

見沈星若沒動靜，他打起了肉麻牌，「其實我在學校表現挺好的，真的不是妳想像的那樣，我就是太想妳了，特別想看見妳，妳罵我我都高興。」

「妳不知道，我們班上學期軍訓的時候就成了兩對，還有和外班談的，別人談戀愛都是一起上課下課，天天都在一起，我平時總是一副特別看不上的樣子，還跟我室友吹噓什麼距離產生美，談個戀愛天天膩在一起都要膩死了，但其實我心裡就是想要天天膩在一起，妳別生我的氣好不好。」

這一招還是見效的。

沒多久，沈星若轉回來，靠進他懷裡，「我沒生氣，你知道就好。」

陸星延鬆了口氣的同時，自動翻譯了一下沈星若的話：看在你心裡還有點數的分上，這次就先算了，我懶得發火。

雖然陸星延是為了哄住沈星若才說這麼多，但他確實也知道，時間緊迫，要爭取上P大的交換名額並不容易，回星城後，他對課業更上心了。

上學期他成績平平，這學期開學，凡是有加分的活動他都沒有缺席，早早就加滿了課外分。作業也完成得很好，而且還時不時在各位老師跟前刷存在感，期中考的成績出來，更是有了讓室友側目的進步。

五月份，星大終於公布了交換生細則。

星大文學院今年有兩個可以交換到P大的名額，還有其他大學的名額若干。

陸星延打聽了一下，對外漢語的學霸基本都不打算申請P大。

因為星大還有不少去國外交換的名額，他們的科系自然是去國外交換更為合適。

而且國外交換的細則要到下半年才出來，如果去了P大，再想去國外交換，時間會有衝突。

他的競爭對手就鎖定在了同系。

而同系的頂尖學霸就在他們寢室，陳渡。

陳渡平日和陸星延一樣不正經，看起來沒有半點文學素養，一顆心全撲在了遊戲上，有時候遊戲打通宵了還鬍子拉渣的，邋遢得要死，但很神奇，他就是很適合國情下的應試教育，考試每次都是全系第一。

「去P大幹什麼？我自己什麼水準我還不清楚？我才不去給我們學校丟人現眼。」

陳渡一邊換裝備一邊隨口回應。

陸星延放心了，「夠意思。」

他懶洋洋地拍了拍陳渡肩膀，又摘下耳機，擰開礦泉水瓶，喝了口水。

可他不知道想到些什麼，稍一分神，有水從唇角漏下來，沿著下頜線條一路滑至脖頸、鎖骨，將他的黑色T恤都浸深了一個色調。

他忽然擰好水瓶，側著傾身敲了一下陳渡腦袋，「你說誰丟人現眼，找死啊。」

陳渡樂了，「延哥，我可沒說你，真的沒說你。」

他一臉真誠，「你看看你的成績，要是你拿了P大交換名額我們學院還不得造反啊。」

陸星延：「……」

陳渡話糙理不糙，並且十分有預見性。

陸星延在最後這段時間裡垂死掙扎拚盡氣力耗在交換生這事上，結果六月交換生名單出來——沒有他。

其實本就知道可能性極低，這一、兩個月他在沈星若面前也是半點亂都不敢作，但怎麼說呢，就總是感覺，自己像高中時候那樣，在關鍵時刻努力過了，就應該要得到一點奇跡般的回報。

他知道自己這種臨陣磨槍的想法不對，但嚐過兩次甜頭，就對自己有了種迷之自信，覺得自己是天之驕子天縱之資和別人不一樣。

結果出來之後才知道現實還是現實，你爹還是你爹，你不是站在世界中心呼喚愛的種子選手。

這種認知不是突然襲來的，而是他在這一個多月裡，對他們科系的佼佼者們有過瞭解後一點點意識到的。

這次P大的兩個名額沒有他們班的份，一個落在了中文一班，一個落在了中文二班。

中文一班的是個男生，大一上學期參加中國青少年詩歌大賽拿到了一等獎，並出版了自己的詩歌集，加入了星南省作家協會，現任星大文學社副社長，綜合成績在科系裡排名前五。

中文二班的是個女生，高中便開始寫網路小說，出版了多部作品，有些作品甚至已經進入影視開發階段，自己正在參與劇本編寫，現在是星南省網路作家協會的骨幹成員，在校成績也十分突出。

他們拿到P大的交換生名額，陸星延無話可說。

七月初，沈星若放假。

P大這種學校的學生，是不存在什麼長達幾個月真正假期的，大家大多都奔波在各種實習崗位上。

沈星若暑假申請了星城衛視的實習。

自從交換生名單出來後，陸星延和沈星若就沒再見面，倒也不是吵架，而是因為考試週時間緊張。

沈星若也沒有生氣，至少陸星延看不到她半點生氣和失望。

兩人還是每天傳訊息打電話，但陸星延的話越來越少，最後考試那幾天，乾脆只剩一句晚安。

沈星若回星城的時候，陸星延去接了機。

半個月沒見，他顯得有點頹喪，但面上還是一副若無其事見到她好高興的樣子，一手攬著她的肩膀一手推她的行李，「我訂了妳喜歡吃的那家私房菜，還特地讓他們留了香辣魚片鐵板牛肉和鹹蛋黃茄子丁，妳不是喜歡吃嗎？這幾個菜去晚了經常沒有，對了，車已經到了，我載妳兜兜風……」

沈星若卻忽然停下腳步。

陸星延：「……怎麼了？」

沈星若側身，和陸星延面對面站著，稍稍仰頭，然後雙手捧住他的臉，認真地看。

陸星延被她看得有點不自在，還有點說不清道不明的恐慌。

他最近根本不敢和沈星若多說話，而且經常失眠，一睡著就總是夢到沈星若對他說——

「你這人怎麼總是這樣言而無信。」

「連個P大的交換名額都拿不到我和你還有什麼未來。」

「陸星延我對你很失望。」

「分手吧。」

就像現在，沈星若站在他面前，好像下一秒就會將「分手」這兩個字脫口而出。

他總是讓沈星若失望，保證的話說得很漂亮但總是做不到。

這一次如果沈星若提分手，他也不知道自己還能不能厚著臉皮死纏著她不放，而且，他不敢再向沈星若做什麼承諾了，因為他發現，他其實不是上帝的寵兒，沒有一學就會隨便努力就能KO別人的資本。

正當他準備堵住沈星若的話頭時，沈星若卻踮起腳親了他一下，「我想你了。」

陸星延：「……」

「你怎麼這麼沮喪，見到我一點都不高興嗎？」

陸星延說不出話，只是搖頭。

「誰欺負你了？」

還是搖頭。

「那就是因為交換的事情？」

見他不出聲，沈星若又將他的唇角強行往上拉了拉，「都過去多久了，這麼點小挫折你就受不了了？不就是多當一年處男嗎？大二申請不上，那你努努力大三繼續，大三還是不行那大四我們找一個近一點地方一起實習，你不是還能考研究所嗎？」

「或者說，你覺得異地戀談起來太累，而且也不喜歡我了，那大二申請不上還不如分手？」

「沈星若妳胡說八道什麼，我的肉體和精神都是非常純潔的！」陸星延立刻否認。

被這麼激了一下，他不知道為什麼，心裡有點雀躍，之前那種頹喪突然消散，惡狠狠地反過來親了沈星若一口，然後又做出一副惡霸搶親的模樣硬攬住她往前走，動作還有一點點的彆扭和不自然。

機場外的夜風帶著夏日熱意，他涼得冒氣的小心臟好像也被這股熱意暖著，慢慢回溫了。

落星湖，裴月已經等候多時，只等沈星若回來就上菜吃飯。

裴月見到兒媳婦，比平日那些櫃姐跟她推銷化妝品時還要熱情。

一下子的功夫，陸星延腦子裡全是他媽的笑聲和噓寒問暖聲。

「若若多吃點！這個湯專門燉給妳的！」

「哎喲又瘦了！陸星延你是死的嗎平時都不知道叮囑若若好好吃飯？」

「小菜吃了也好，健康！」

「食堂的飯菜清湯寡水的哪裡比得上我們家自己做的對吧。」

有沒有搞錯，這是他女朋友！

陸星延想說點什麼，可半句話都插不進去，到最後直接放棄了。

當他準備做好人形空氣的本職工作時，忽然聽到裴月問完暑期實習又問下學期的開學時間。

沈星若沒立刻回答，而是 Cue 到他，「陸星延，你們學校什麼時候開學？」

陸星延莫名，「還不知道，大概九月份吧，比大一的應該晚一點。」

沈星若這才轉回去回答裴月，「我也不知道，反正他什麼時候開學我就是什麼時候開學。」

裴月沒多想，都打算岔開這話題了。可陸星延卻覺得很怪，「我開學和妳開學有什麼關係？」

沈星若邊夾菜給裴月邊若無其事道：「噢，忘記說了，我大二交換到星大了。」

「……」

陸星延夾的排骨都驚掉了。

沈星若將他掉回菜碟裡的排骨夾起來，放進他碗裡，「我大二開始修雙學位，學法律，你們星大的法學院很強，在全國可以排前三，而且和P大有交換專案互認學分，有問題嗎？」

沒、沒問題，老婆萬歲！

九月初的星城，老天好像沒有半分時序已至初秋的自覺，烈日驕陽高懸，晃得人心焦氣躁。

星大新生入學一週了，正進行到軍訓最難熬的時刻。

午後操場，二十多個綠油油的方陣也不知道犯了什麼錯，被總指揮拿著大聲公訓話，集體罰站軍姿，場面一時安靜得有些詭異。

就在這時，陸星延撐著一把繪有小清新插畫的遮陽傘悠悠閒閒從操場前經過。

他本身就很顯眼，加上這把和他風格不符合的傘，就更引人注目了。

站在方陣前排的不少女生都注意到了他，心裡不約而同閃過四個大字——又帥又騷。

大老爺們撐什麼傘？

該不會是個0吧。

陸星延走到學生會活動布置的地方和人匯合時，學生會的熟人也打趣，「喲，延哥，你從哪弄來這麼少女的傘？」

這問題正中下懷，陸星延收傘，故作漫不經心，「這個啊，我女朋友說外面太陽曬，非要讓我拿她的傘過來。」

這話一出，大家就心領神會地「喲」起來，一群人跟著起鬨。

陳萌萌正在貼海報，聽到這話忽然頓了頓。

沒等她問，就有人幫她先問了，「哎，延哥，你女朋友不是P大的嗎，還沒回去？」

陸星延：「她來我們學校做交換生了，暫時不回去。」

有人驚呼，「P大來我們學校做交換生？我靠，真愛啊！」

「她剛好在跟曹教授的案子，而且她來這邊可以破例修雙學位。」

陸星延稍微解釋了一下，矜持中還是不乏默認「真愛論」的自得。

陳萌萌無意識地攥緊了海報一角，不知怎麼的，心裡比失落與驚訝更多的，是一種前所未有的緊張。

上學期她刪了那則影片發文後，一直有些膽戰心驚。留言的那個號是個小號，她順著留言摸過去看了，沒有任何蛛絲馬跡能與現實中的人對應，可就是如此，她才更加害怕，總覺得對方是有備而來。

但讓她覺得很奇怪的是，她刪了那則留言，也刪了貼文，對方卻沒再跑來傳私訊糾纏，也沒在其他貼文底下跳腳。

她當時就在想：是不是自己想多了？也許只是別人惡作劇隨口一說？

抱著這樣的心態，沉寂大半個月後，她發了一則新的暗戀貼文試探。

許久未曾發文，留言區裡粉絲相當熱情，都在說想她，還有人以為她現實生活中遇到了什麼難題，特別善解人意地安慰她。

她盯著留言區關注了兩天，都沒有奇怪的質疑出現。

慢慢地，她的膽子大了，很快又有了第二、第三則新貼文……甚至她某則發文被一個知名網紅分享拱上熱門，那人也沒再出現。

她澈底放心，覺得之前那則留言不過是有人無聊隨便一說，根本就沒有暴露。

一個暑假相安無事地過去了，陳萌萌的粉絲即將破十萬大關。

她早早答應了粉絲，說十萬粉福利是自己的自拍或者是一張暗戀對象的側臉高清照。

照片她都精心準備好了，但陸星延的女朋友竟然在這個時候交換到了星大……

她可沒忘記當初沈星若只不過來星大見男朋友，就讓白露大半年都活在陰影之中的慘痛歷史。

——陸星延這個女朋友，絕對不是什麼省油的燈。

「哎，萌萌，想什麼呢，海報都皺了！」有人提醒。

陳萌萌思緒被打斷，心猛然一跳。

她回神，頗為抱歉地笑了笑，又隨口找了個藉口敷衍。

他們這幾個人，都是這學期要從文學院的學生會升到校學生會的，但在進入校學生會之前，還要從這屆新生裡幫文學院學生會招些新的助幹和幹部，所以才在這裡忙著布置招生事宜。

她一回神，聽到幾個男生已經從陸星延的女朋友聊到陸星延升校學生會辦公室主任的事了。

別聽辦公室主任這名字很有老幹部氣息，但基本上就是學生會主席、副主席的預備役，星大老傳統，大家心知肚明。

一片恭喜聲揶揄聲中，有人插了句話，「對了延哥，我聽人說你這學期轉經管系了？」

陸星延：「對。」

他之前一直想交換去P大，所以也沒參加轉系考試。

暑假糾結了很久，一方面沈星若交換過來如果留在中文班兩人可以一起上課；一方面他自己對中文又實在無感，也深知自己以後不是做學術研究的那塊料。

和沈星若商量後，他才下定決心去找老師說轉系的事，陸山也幫他吱了一聲，這才順利在開學前通過了轉系的申請。

大家邊幹活邊說話，不知是誰說了句「累死了，等過兩天招生完了我們吃個飯、唱個歌聚一下吧。」

緊隨其後的是一片附和聲。

陳萌萌下意識看了陸星延一眼。

陸星延大概是心情好，竟然也沒拒絕。

有人慫恿他帶女朋友一起來，他也是笑，「看情況吧。」

學生會忙著招生的時候，沈星若也搬進了星大的宿舍。

她是交換過來的，住的寢室裡混合了不同科系不同年級的學生，只不過有一個床位空著，一直沒人。

等到開學當天，沈星若才在宿舍裡與老熟人狹路相逢。

——李聽。

李聽見到沈星若，整個人都傻了。

大一上學期快要期末的時候，她通過了換寢室申請，於是安安心心和白露撕破了臉。

結果下學期開學，換寢室的事情出了岔子，她不得不和白露待在同一個屋簷下繼續鬥。

兩人三天一小吵五天一大吵，各自都有把柄可以用來譏諷，倒還旗鼓相當。

這學期她終於如願以償換了寢室，她還帶了滿書包的零食打算和新室友分享，給人家留個好印象。

可為什麼她會在這裡見到沈星若？

這叫那個什麼，出了狼窩，又進虎穴？難道因為她撕了張試卷這輩子都不能洗心革面擁有純純的室友情了嗎？

沈星若見到李聽，也有些驚訝，但驚訝過後沒再有什麼特別的反應，只說了句，「好巧。」

誰想和妳巧……

李聽說不出話，枯坐在寢室裡，整個人都回不過神。

白露聽陳萌萌傳回最新戰報說，陸星延女朋友交換來星大了，她一瞬間就回想起這大半年來因這女生遭受的屈辱，心裡又氣又怕。

與此同時她又覺得，不能只有自己一個人這麼委屈，於是趕來了李聽的新寢室。

新寢室裡除李聽和沈星若之外，還有兩個外語學院的女生。

白露找來時，沈星若在洗手間，李聽正和這兩個新室友說話。

李聽一見她，臉就拉下了，口氣也不好，「妳來幹什麼？」

看到她不開心，白露就開心了。

白露站在門口，笑眯眯的，「沒事，就是想和妳說一件事。」

「那妳到底是沒事還是有事？」李聽語氣很嗆。

白露也不在意，還是笑眼彎彎，「萌萌跟我說，陸星延他女朋友交換到我們學校來了，她不是妳高中室友嗎，妳當初偷撕她試卷，還因為這事不能再住校，我是擔心她來找妳麻煩，所以特地過來提醒妳。」

兩個外語系的女生隱隱覺得有哪裡不對——陸星延他女朋友不就是沈星若？那就是說，李聽偷撕過沈星若的試卷？這兩人不都在這個寢室嗎？什麼跟什麼呀！

李聽快氣死了，她就知道，白露這混蛋就是想來告訴她新室友她的黑歷史！

李聽氣不過，上前正想發作，忽然洗手間門推開，沈星若邊擦手邊往門口走。

走至門口，沈星若冷不防說了句，「李聽，借妳的借書證用一下，我的還沒辦好。」

李聽一愣。

不過幾秒，白露也認出了沈星若。

她驚呆了！

這……這不是……！

沈星若好像這時才注意到她，打量她兩眼，輕描淡寫招呼道：「好久不見。」

白露臉憋成了豬肝色，一句話也沒說，沒出息地趕緊跑了。

什麼好久不見！這輩子都不想見到妳了！簡直就是個閻王！

李聽呆若木雞地站在門口，直到白露跑沒了影才回神。

她下意識看向沈星若，實在不明白沈星若為什麼要幫她。

沈星若也看著她，看了半天，「借書證。」

「噢……等一下、等一下。」李聽一通亂翻找出借書證，遞給沈星若的時候稍稍猶豫，又壓低聲音提醒，「我之前和白露同一個寢室，妳小心一下她和她閨密吧。」

「她閨密叫陳萌萌，和陸星延都在學生會，我不是在挑撥啊，是真的，陳萌萌比白露還……我和她在同個寢室待久了就知道。」

「知道了。」

沈星若看起來不以為意，拿著借書證就往外走。

她來星大當交換生絕大部分的原因要歸結於她戀愛腦發作。

這兩個學校很神奇，一般交換都是同等級的學校交換，也不知道是什麼歷史遺留原因導致這兩個不同等級的學校一直都有交換活動。

但即便有，往年也都是星大到P大的單向交流，沒人會從P大來星大。她報這個，完全無人競爭。

不過她也有現實的考量，一直很欣賞她，甚至有意把她一個大一生帶進某個文學研究組的潘教授被調到星大當文學院院長了。

潘教授是國內世界文學這一領域的大拿，能在大二就進到她的研究組自是益處多多。

但潘教授這一動，研究組的重心自然就要動一動，本來就在研究組的研究生、博士生倒是沒什麼影響，一個在P大的大二遠端助理卻沒必要再要。

還有就是，她想修的雙學位和交換本來存在嚴重衝突，她只能選擇放棄其一。

但如果她願意交換到星大跟著潘教授的研究，潘教授也願意幫她從中擀旋，破個例，讓她在星大也可以輔修法學。

——當然前提是她自己應付得來，能修滿學分。

她剛開學就一堆事要忙，暫時也顧不上處理陳萌萌。

只不過沈星若不找事，總有人挖空心思想要試探她的底線。

週五晚上忙完招募新人，學生會說好要聚會。

陸星延問沈星若要不要一起去，沈星若沒答應，只是要他傳個地址，說如果她的事情早點做完了就去找他，如果沒做完就回家見。

陸星延覺得她的事是忙不完了，也不知道什麼情況，他們現在在同一個學校，竟然比在不同學校的時候更見不上面。

陸星延很鬱悶。

晚上十一點，聚會結束，一群人從桌遊店出來，還興致勃勃地討論著剛剛那局狼人殺。

陸星延是開車過來的，豪車顯眼得很，大家例行誇讚一波，有男生調侃，「延哥，你回不回學校，讓我也搭個順風車感受一下唄。」

陸星延：「週五還回什麼學校，我去落星湖那邊，你要是往落星湖那邊走我就帶你。」

要搭順風車的男生本來也是開玩笑，聽了這話也就沒有繼續。

正當大家準備各回各家各找各媽的時候，和陳萌萌交好的學姐收到示意，忽然撞了撞她，「萌萌，妳不是要去同心路？那正好和陸星延順路呀。」

「陸星延，你不如帶帶萌萌，這都多晚了，她一個女孩子自己回家多不合適，順路帶一下你女朋友不會介意吧？」

陳萌萌一臉茫然地被推到副駕駛座前，看起來有些拘謹羞澀。

可陸星延卻沒為她開門，「妳叫個計程車吧，車牌拍照傳到群組裡就行了，我家教嚴，副駕駛不能坐我媽和我女朋友以外的其他女生。」

他的話是對陳萌萌說的，目光卻掠過陳萌萌，望向臺階那站著的沈星若，說完揚了揚手，又朝著沈星若笑。

第三十九章　嫂子加油

沈星若是從學校過來的，穿著寬鬆的白T恤和牛仔短褲，揹了今年生日時陸星延送的Marni拼色風琴包。

她走至車前，陸星延很自覺地接過她肩上的包包，又和眾人介紹，「沈星若，我女朋友。」

這群人以前只從別人口中聽說過陸星延女朋友有多優秀多漂亮，沒見到真人總覺得有些誇大其詞，現在見到真人了，大家都有些說不出話。

難怪學校那麼多女生明裡暗裡對陸星延示好都不能讓他這位異地女朋友的地位動搖半分，真的是太好看了！

這種好看很難具體形容，仔細觀察會發現，她的五官並非深邃張揚的類型，輪廓線條溫和柔軟，眉眼間偏偏又帶幾分清淡疏落，穿很簡單的衣服站在那，就是一道引人注目的風景，不僅能讓人一眼驚豔，還能讓人不自覺地想要多看幾眼。

過了十幾秒，才陸陸續續有人回神，和沈星若打招呼。

沈星若也點了點頭，算是回應。

招呼打了，陸星延覺得沒什麼可多留的，他自動自發幫沈星若拉開了副駕駛座的車門，示意她上車，自己也隨之繞到另一側落座，然後傾身幫她繫安全帶。

陸星延幫忙繫安全帶的時候，沈星若的指節搭在座椅邊，無規律地輕敲著，目光稍晃，在呆站一旁的陳萌萌身上落了幾秒。

直到車影消失在主幹道盡頭，陳萌萌的背脊仍在發麻。

不知道為什麼，親眼見到陸星延的女朋友，她心裡竟然湧上了一種強烈的挫敗感和自卑感。

明明對方什麼都沒說，甚至連眼神都沒有多停留，只是那麼沒有情緒的、輕飄飄的看了一眼，就讓她倍感難堪。

甚至有一瞬間，她特別想打開社群，把自己那些卑劣又見不得人的東西通通刪掉。

夜色深濃，城市流光細碎，霓虹燈光或閃耀或斑駁。不安分的燥熱因數從地表騰空，在空氣中喧囂躁動，塵埃的味道像是打了轉，裹挾著熱氣撲面而來。

停在紅燈前，陸星延空出手調廣播電臺。

剛剛上車的時候，沈星若輕聲和他說了句「表現不錯」，他心情一下子好到不行，到這時候都是雀躍的。

「停，就聽這個，別換了。」沈星若忽然喊。

陸星延適時停手。

輕快的旋律在夜風中躍動。

沈星若又轉過頭，問：「你吃晚飯了嗎？」

「當然吃了，」陸星延稍頓，「妳沒吃？」

陸星延：「沒吃。」

紅燈還剩八秒，陸星延看了一眼時間，「那去胡錦街吧，帶妳去吃燒烤。」

胡錦街是星城一條很有名的宵夜街，但特別遠，和落星湖是完全不同的方向。

沈星若來星城這麼久，從來都沒去過。

別說沈星若沒去過，陸星延在星城住了十幾年也沒去過。

還是因為前兩天，沈星若傳了個美食推薦的影片網址給他，裡面推薦的店大部分都在胡錦街，他才把這個地方放在心上。

陸星延的提議正合沈星若的心意，沈星若自然是順著點了點頭。

「你今天怎麼表現這麼好。」

她偏著腦袋，打量陸星延新手上路的專注樣子，還忍不住伸手，輕輕捏他的臉。

「我什麼時候表現不好了。」陸星延全神貫注開車，隨口一應，「再說了，表現好有什麼用，又沒獎勵……」

話還沒說完，他忽然突兀地提高聲音Diss道：「我靠，這個傻子！怎麼考到駕照的？開什麼遠光燈啊！想照死誰呢！」

沈星若：「……」

又來了又來了，路怒症晚期患者發病了。

在接下去的二十分鐘裡，陸星延碎碎 Diss 了七、八輛車：

「這姐們有沒有公德心，二十秒的綠燈她一個人耗完了真是絕了！」

「走不走啊大半夜在馬路上打電話這他媽什麼奇葩！」

「趕著去火葬場吧這智障，小麵包車時速四十就會散架超你媽車。」

「……」沈星若聽不下去了，「陸星延你文明一點。」

陸星延：「妳不懂，我不上去給他們來一腳油門教他們開車做人就已經很有道德了。」

沈星若：「……」

她按了一下太陽穴，沒再說話。

其實剛回星城的時候，她還幻想過陸星延開車帶她去江邊兜風，但很快她就發現，現實與電視劇永遠存在著無法逾越的鴻溝。

陸星延患有嚴重的路怒症，開車時會不停碎碎念碎碎念，用上自己所有的詞彙量對其他車主進行慘無人道的批判羞辱。

總之就是毫無兜風的浪漫。

沈星若還不能說什麼重話，她特地查了資料，有很多剛拿到駕照卻覺得自己車技一流的小菜鳥都是這樣，開車遇上不守規矩的人就特別容易暴躁，你不順著他來，他真有可能給你來上兩腳油門，大家一起去見交警叔叔。

開到江邊的時候，風變涼了。

沈星若抬頭看了看天空，月亮不知何時躲進了雲層裡。

「我怎麼覺得要變天了。」

「不會吧，陳渡昨天還在寢室說接下去半個月都不會下雨。」

沈星若沒接話。

進隧道了，星江隧道正常通行只需要三分鐘，但他們不走運，剛進隧道，另一頭就出了場車禍，開到隧道中間，前面不動了。

陸星延：「靠，又搞什麼？」

隧道信號不好，交通廣播斷斷續續的，根本聽不清楚，很快，隧道前前後後都被堵滿了，進不得進，退不得退。

這一塞車就塞了足足四十分鐘，什麼神仙菩薩的好脾氣都被塞出火來了。

陸星延這種路怒症晚期患者更是火冒三丈，恨不得以一己之力炸開整條隧道。

沈星若本來就餓得有點受不了，他還在旁邊說個沒完，忍了一陣子，沈星若實在忍不住，「陸星延你有完沒完，你以後別開車了，每次開車一張嘴就停不下來，你話這麼多怎麼不去演講？」

「……堵車又不是我造成的為什麼我不能開車，話說回來，要不是帶妳去吃燒烤怎麼會堵在這隧道裡？」

「你講不講道理，燒烤也不是我說要去吃的，是你自己先提的，你能不能男人一點，別有點什麼事就找藉口。」

「網址明明就是妳傳……」

話沒說完，前頭車動了，陸星延再暴躁，這時也勉強壓下了火不和沈星若吵。

男人。

對，他要男人一點，不和她計較。

不是，他怎麼就不男人了？她又沒試過怎麼不知道他不男人？

陸星延邊開車邊想和沈星若好好理論，可開到隧道口，他才後知後覺發現不對，外面這是——他反應不及車速，在意識到外面下暴雨之前，車已如離弦之箭衝出隧道口。

「唰——！」

透心涼心飛揚。

兩人的怒火都被傾盆大雨淋了個乾乾淨淨。

陸星延愣了兩秒，好在前頭路障已清，車道很空，他邊握好方向盤邊開雨刷，然後茫然地抹了把臉上的雨水。

怎麼還抹不盡呢。

「沈星若，快點撐傘，妳座位旁邊有傘。」他催促。

「……你是傻子嗎？快點關頂篷。」

哦對，還有頂篷，就說這雨怎麼會淋進車裡來。

陸星延澈底被淋傻了，升起頂篷，車速也降成了新手村的二十公里。

沈星若本來還很生氣的，可陸星延第一個反應竟然是叫她撐傘，不知怎麼的，又很想笑。

她忍了兩秒，還是沒忍忍住，默默別過了腦袋。

雖然只被淋了幾秒，但雨勢很大，兩人身上都濕了。

這麼大的雨，小吃街肯定要早早關門的，陸星延往前開了一段，又掉頭回落星湖，沿路找了家店，幫沈星若打包了一碗小餛飩和一隻滷雞腿。

回到家時已經深夜，裴月和周姨也不知是睡了還是不在家，屋子裡靜悄悄的。

兩人上樓，都很狼狽。

沈星若洗完澡，下樓煮了碗粗糙版的薑湯，

她回到樓上，轉開陸星延的房門，卻發現房裡沒人。

「去幹什麼了？我說怎麼不在房裡。」他的聲音在身後響起，剛剛也去她房裡找人了。

沈星若轉身，將手上的薑湯往前遞了遞。

想起兩人差點在車上無厘頭地吵起來，陸星延的神情有點不自在，

沈星若問：「怎麼，還要我餵嗎？」

「就要妳餵。」

也不知是賭氣還是什麼。

陸星延本以為，沈星若會來一句「愛喝不喝病死拉倒」，可沈星若沒說話，只是轉身走進他房裡，在床邊坐下。

見這架勢，陸星延開竅了，機靈地湊過去坐在她旁邊，又故意微低著腦袋，「啊」一聲張開嘴。

沈星若沒餵過人，下手也不分輕重，舀了一小勺就往他嘴中塞，差點沒一勺子把他捅死。

陸星延被她這又塞又捅的一套動作弄傻了，「……沈星若子妳要謀殺親夫啊，妳這是蓄意謀殺啊。」

「你怎麼這麼多事，不然就自己喝。」

「別啊……行行行，妳隨意，隨便妳怎麼餵，我都可以我都可以，來吧。」

沈星若：「……」

她面無表情，手下動作卻輕緩了很多。

陸星延剛洗完澡，身上有青草的沐浴乳味道，頭髮沒吹得太乾，還軟塌塌地趴著，坐在旁邊規規矩矩等著餵薑湯的樣子，顯得特別乖，像幼稚園大班的小朋友。

但也特別帥，就連皺眉的小動作都很好看。

沈星若邊餵邊看他，不知道什麼時候開始，耳根慢慢地泛上了紅。

「沈星若，妳等等。」

不知怎的，陸星延忽然笑出了聲。

這一笑又嗆住了，他邊咳邊說：「咳咳，我知道我很帥，但，薑湯已經沒了。」

他指了指碗。

——妳餵了好幾勺空的。

空氣凝固了有那麼三四秒，沈星若垂眸，看向空碗。

掩藏在長髮下的耳後根已經滾燙，偏偏她憋得住，面無表情的，除了一閃即逝的僵硬，看不出半分羞惱。

陸星延吃多了虧，對沈星若不說瞭若指掌，起碼也了如腳掌了。

她一向是不會錯的，錯了也會用絕對的氣勢逆風翻盤強行壓制，就像此刻，她小臂微抬，手腕往外稍轉，明顯就是想把碗蓋到他臉上。

陸星延眼疾手快握住她的手腕，喊：「別別別，別這麼暴力。」

他繳獲了碗和勺子，還在認真憋笑。

沈星若覺得房間裡的溫度高得有點過分，可能是空調壞了，她起身，鎮定地往外走。

不過沒走兩步，手就被陸星延從身後拉住，緊接著他整個人都從身後覆過來，抱著她倒到了床上。

控制住這位一言不合就要動手的暴力分子，陸星延笑到不行，還去摸她發燙的耳朵。

沈星若從未感覺如此狼狽，背對著陸星延強行冷漠，「有什麼好笑的，你快點放開我。」

「不，就是很好笑，不放。」

陸星延想起剛剛沈星若臉上的僵硬和尷尬，就覺得多年大仇得報，又好笑又心軟，實在想不通他的女朋友怎麼可以做到這樣一本正經的可愛。

他將沈星若翻過來壓在身下，雙手捧住她的臉，看了一會兒，往上親，一下、兩下、三下。

「沈星若，妳怎麼這麼可愛。」

他聲音裡有種肉麻的寵溺，說完又親了上去，只不過這個吻不再淺嘗輒止，一開始是喜歡的，然後是深情的，慢慢又變成了有侵略性的……

沈星若在親吻中不知不覺放棄了掙扎。

耳朵熱，臉熱，脖頸也熱。

空調一定是壞了，哪裡都熱。

就事論事，小情侶談戀愛一年多還很柏拉圖，其實是很正常的事。

畢竟上壘也有個循序漸進的過程，可能一週牽小手，半個月親親，然後在親親的狀態裡維持很久才會進一步產生負距離接觸。

可陸星延和沈星若從戀愛之初就躺在了同一張床上，還時不時抱在一起睡覺。

在一起一年多，說出去恐怕都沒人相信陸星延竟然還是一隻清清白白的童子雞。

往日也不是沒有突如其來的擦槍走火，一般都由冷水澡或者沈星若的五指姑娘解決。

但今天也不知怎麼的，親吻到最後變了味，房間裡曖昧氣氛愈濃，沈星若的不反抗不拒絕，彷彿是在暗示著什麼。

陸星延敏感察覺到這一點，試探性地在她耳邊低聲問：「可以？」

「……家裡有人。」

陸星延忽然笑，「沒人。」

剛剛洗完澡看手機，他才發現裴月早就傳了訊息過來，說她和陸山要去南城參加動土儀式，周姨也放假回家了，還囑咐他和沈星若這週末別回家住，沒人做飯。

看到訊息，沈星若不再出聲。

陸星延知道，這是默認了。

「確定？」他按捺住心裡的激動，在她耳邊又問了一遍。

沈星若眼睫低垂，揪著他的領口，輕聲說：「獎勵。」

沈星若洗完澡只穿了件煙灰藍的吊帶睡裙，在床上滾作一團時早就淩亂不堪，簡直就是為犯罪大開方便之門。

陸星延本就憋得快要爆炸，眼底染上赤紅，頭腦還在飛速運轉，心想著一定要做好準備，給沈星若一次完美舒適終生難忘的體驗。

於是他就不熟練地瞎撩了一通，在自認為已經做好充分準備後，又扯開床頭抽屜，翻找出買了有段時間的小藍盒。

三分鐘後。

沈星若痛感還未消失，一切就已經結束了。

沈星若：「……」

陸星延：「……」

兩人雙雙陷入沉默。

沈星若拉起被子蓋好身體，側過身彎成一隻蝦米，思考人生。

陸星延的大腦、小腦都是一片空白。

他裸著上半身坐在床上，思緒回籠後，開始回憶剛剛噩夢般的自我羞辱到底是如何發生又如何結束的。

「你說的果然沒錯，觸感不一樣，時長也不一樣。」沈星若恢復過來後，聲音毫無起伏地說了句。

「不、不是，是失誤。」陸星延下意識解釋，「我是顧及妳的體驗感受妳知道吧，等一下，我醞釀一下，再來一次。」

沈星若除了疼半點別的感覺都沒有，想再來一次就見鬼了。

她裹緊小被子，一言不發，心想談談柏拉圖的戀愛也挺好。

可陸星延和她不一樣，雖然男性的尊嚴被自己瘋狂羞辱了一通，但他剛剛是爽的。頹了一下子，他又重拾信心鑽進被窩，想要找回面子。

一回生二回熟。

陸星延的學習能力大概都用在折騰沈星若這件事上了。

這一晚，白瓷碗勺安靜地待在床頭櫃上，誠實折射著房間內細微的光影晃動。

次日一早。

「寶寶，餓不餓？想吃什麼我幫妳點。」

沒反應。

「難不難受，我抱妳去洗澡？」

還是沒反應。

「那妳不說話我就當妳默認了？」

陸星延大膽地伸出雞爪想要抱人，心裡還為鴛鴦浴蕩漾了三秒，可剛碰到腰間柔軟滑膩的肌膚，沈星若就適時拍開他的手，「你煩不煩，出去。」

她的聲音清冷中帶些與往日不同的嘶啞，一下子失了大半威力。

陸星延根本不怕，被輕輕拍了一下，還是強行從背後抱過來，在她耳邊沒什麼誠意地認錯。

沈星若自然不為所動，昨晚逼著她求饒的時候可沒見他知道自己錯了。

她現在像是被石磨碾了幾遍，渾身都泛著細密的疼，嗓子都能冒煙了，下半身更不必提，兩條腿合攏都有困難。

她現在嚴重懷疑陸星延是平日受多了她的欺壓所以在床上蓄意報復刻意為之。

好在陸星延也不算全無良知，知道她身體難受，也沒多鬧，抱著她肉麻了一番，拉上遮光窗簾哄她睡覺。

等沈星若睡著，陸星延就輕手輕腳起身，神清氣爽地出門買藥。

藥店。

陸星延自己找了一圈，忽然想起一個問題：所以他要買的藥叫什麼，有沒有什麼學名，是什麼種類？

「小夥子，你要買什麼藥？我幫你拿。」阿姨邊打手機麻將邊抬眼看他。

陸星延摸鼻子一下，難得的有些不好意思，「呃，就是那、那個……」

阿姨一副很懂的樣子，「避孕的？是事前還是事後，幾個小時了？」

「……不是，不是避孕。」陸星延說話都有點打結了。

「哦，驗孕棒是吧。」

「也不是，」陸星延抓了下後腦勺，「就，腫了……」

「女的？」

不是女的還能是男的？女的和男的用的還不一樣？

陸星延僵硬片刻，點了一下頭，尷尬到快要當場窒息。

阿姨將手機放在一旁，起身幫他拿藥，還碎碎唸：「造孽哦，你一個大男人你要溫柔一點曉不曉得啦？女孩子那裡都是很柔弱的，不能只顧自己開心啦。」

陸星延：「……」

他麻木地結帳，又聽阿姨細細嘮叨了三分鐘上藥的方法。

走出藥店時，他呼吸著外面混合揚塵的空氣，覺得無比新鮮的同時，還產生了一種逃出生天的解脫感。

沈星若累得很，陸星延買藥回來，她還蜷縮在床上熟睡。

她側躺著，臉只有巴掌大小，頭髮淩亂地披散著，可能是因為身體不舒服，秀氣的眉頭沒有舒展。

陸星延洗了個澡，又接一盆溫水，坐在床邊，幫沈星若擦拭身體，而後又分開她的腿，幫她上藥。

其實他上藥的時候，沈星若已經醒了。

但沈星若心臟再強大也不代表她可以面不改色面對這種羞恥場景，索性閉著眼一動也不動，繼續裝睡。

一個週末，沈星若都沒怎麼恢復。

因為陸星延食髓知味，週日晚上發現她好了，又恬不知恥地按著她做了一次。

他進步倒是快，不過三次，就回到了之前的手速四十分鐘，儼然還有越往後時間越長的架勢。

沈星若受不了的時候就在床上一直喊要和他分手。

可她每喊一次，陸星延就變本加厲一次，成功把她做到閉嘴。

週一回學校，沈星若第一件事就是將陸星延拉進黑名單，上課也拒絕和陸星延坐在一起，不管陸星延怎麼認錯都沒有用。

上完課回寢室，她連潘教授那都沒去，直接爬到床上補覺。手機調成飛行模式放在桌上，顯然沒有接電話的打算。

學校老師恰好找她有事，找不到人，只好將訊息輾轉托到了她室友身上。這訊息需要立刻回覆，李聽和另外一個女生站在沈星若床邊喊人，可沈星若戴了耳塞，誰也不敢去摘。

猶豫半晌，李聽提高音量，「沈……沈星若，沈星若！學校老師找妳去參加比賽，妳醒醒！」喊了好幾聲，沈星若都沒轉醒的跡象。

另外一個女生上前，推了她的肩膀一下。

可她還是沒醒，只是翻了個身，往裡側臥。

李聽還想再喊，那個女生卻忽地拉住她，愣了愣，一張臉紅得快要滴血。

她指了指沈星若露出的瘦削肩頸，支支吾吾說：「那個是不是，吻……吻痕呀？」

李聽愣了幾秒，往前湊，緊接著呆若木雞。

那個女生不知道自己有沒有認錯。如果沒認錯的話，那戰況也真是，太激烈了。

她自己想像完，又羞又好奇，扯著李聽重複問了一遍，「是不是吻痕呀？」

「應該……是吧，妳想叫它草莓印……也沒問題……」

李聽回不過神。

媽媽，當初在她夢裡對她進行混合雙打的兩個人，好像打到一起去了。

沈星若這幾天實在是沒睡好，戴上耳塞沾了床便沉沉入夢。

李聽和另一個室友站在她床前，因她身上的吻痕手足無措地害羞著，不敢再喊。

倒是她自己莫名其妙地做了春夢，夢到陸星延在床上逼她喊老公，然後自己把自己嚇醒了。

她忽然從床上坐起，李聽嚇一大跳，下意識往後退了兩步，「沈、沈星若，妳醒了。」

原來是做夢。

夢裡的糟糕內容與昨晚發生過的事實無縫重合，沈星若面色不太好，特別想打電話把陸星延臭罵一頓。

李聽還在一旁吞吐，「那什麼，學、學校找妳、妳們P大、P大的聯繫過來了，有個比賽的節目，學校希望妳去參加。」

「說清楚一點。」

沈星若皺眉。

李聽還沉浸在自己對吻痕的想像中，舌頭捋不直，也說不清楚，索性把傳過來的訊息拿給沈星若看。

星城衛視《爭分奪秒》名校巡禮賽？

沈星若一目十行掃完內容，又讓李聽把自己的手機遞過來。

如她所料，取消飛行模式後，便馬上湧入了一陣訊息轟炸。

除了陸星延的好友申請，還有借用其他熟人傳訊息跟她認錯之外，其他都是和比賽有關的訊息。

沈星若看過不少期《爭分奪秒》，這是星城衛視的一期老牌益智類答題節目，以前是直播，如今直播耗不起，改為了錄製，不溫不火熬著，也有一批固定觀眾，平日素人答題大多沒什麼水花，只有每一季做名校巡禮賽和明星對抗賽時偶有熱度。

如今的某位三金影帝當初正是憑藉這檔節目推波助瀾，立起了娛樂圈的學霸人設。

P大學生參加名校巡禮賽也是慣例了。

由於快問快答不好現場計算，題目往理科的方向出觀眾也不懂，總體難免偏向文科，P大每年參賽的主力軍也多從文學院、法學院、商學院中挑選。

沈星若是文學院的，又剛好在星城，而且形象氣質極佳。

今年名校巡禮賽的邀請一下來，老師第一時間就想到她。

可沈星若看完，並不怎麼想要參加。

她正在想回絕措辭的時候，上方訊息欄忽然彈出一則社群特別關注的提醒——您關注的「大萌橙」有了新動態。

說來也巧，提醒不往外彈，她都快忘記這個國民戲精了。

大萌橙：『突聞噩耗，他轉經管系了！以後在一起上的課更少了！暴風哭泣！』

大萌橙：『今晚學生會聚會，他送我回家了哈哈哈哈哈！人生第一次坐跑車，鄉下小橙茫然！』

沈星若按了按太陽穴，實在不知道說什麼好。

從下往上看，最新一則是兩分鐘前發的。

大萌橙：『啊啊啊啊十萬粉了！說一不二！福利在此！』

沈星若點開她的所謂福利——一張陸星延穿黑色衝鋒衣，拉高拉鍊靠在椅背上玩手機的側身高清照。

這張照片意境不錯，秋日陽光從窗外傾瀉進來，陸星延整個人都被籠罩在光暈裡，有種歲月靜好的美感。

雖然只能看到一小半五官，但看身形就知道是個帥哥，勉勉強強也算是拍出了陸星延十分之一的帥氣。

沈星若看了一下，稍稍放大。

她發現，這張照片真是說一不二的高清，稍稍放大，陸星延手上的手錶和情侶戒指都看得很清楚。

沈星若也不知道在想什麼，保存原圖，又將動態截圖。

停頓數秒後，她回信給老師，應下了參加比賽的事情。

很快，《爭分奪秒》的名校巡禮賽便如火如荼地開始了。

這次名校巡禮賽參賽隊伍共有二十支，被分成四組，先是五進二比賽選出八支隊伍進入半決賽，再在半決賽的八支隊伍裡選出四支進入總決賽。

每支隊伍五名成員，隊伍拿到前三會有豐厚獎勵。

當然，以學校名義參賽，也沒人是為了那點獎勵而來，都是為了榮譽而戰。

五進二和半決賽都是錄製的，錄製也不挑在好時候，那兩天陸星延都有課。

他想要請假去看，可沈星若不讓，說什麼決賽是直播，時間在週末，到時候去看決賽就行了。

沈星若這麼說，陸星延也就無腦相信她肯定能進。

結果便是——沈星若所在的P大隊伍以總積分第一的成績，輕輕鬆鬆殺入了決賽。

星大也參加了這次的名校巡禮，參賽選手還有陸星延的室友陳渡，只不過星大的隊伍發揮不足，遺憾止步八強。

前面五進二和半決賽的錄製抓得很趕，兩週就全部錄製結束。

但錄完還有後製剪輯，每週也只會在電視上播出一期，決賽的直播要到十一月份了。

前兩期錄完，沈星若沒再記掛，將有限的時間全都投入到了課業和戀愛之中。

陸星延現在越來越不得了了，完全是精蟲上腦，看到她就動手動腳。

而且他特別擅長在床上翻臉不認人，平日對她有多百依百順，床上就有多麼過分。

沈星若應付得很吃力，實在想不通陸星延哪來這麼好的精力。

十月初，《爭分奪秒》的名校巡禮賽開播了。

總決賽前一共有五期節目，按部就班地播著，不溫不火，沒怎麼進入大眾視野，也沒什麼人討論。

但五進二P大晉級那場播出後，流量大的幾個八卦論壇裡時常有推薦文章出沒。

比賽精彩是一方面，帥哥、美女養眼又是另一方面。

同場的沈星若和南城大學一個叫喻斯的男生外形非常搶眼，答題能力也相當出眾，網路上有人將他們配成一對，說兩人郎才女貌很有CP感。

陸星延心心念念守著節目播出，播的時候他只盯著沈星若一個人看，滿心都是我的寶寶太棒了！也沒覺得有哪裡不對。

可上網一搜，他才發現這節目播著播著竟然給自己女朋友播出了一個什麼鬼「斯人若彩虹」CP！

他的火都不知道從哪冒出來的，當晚就按著沈星若做了兩次。

第二次的時候沈星若完全沒力氣了，渾身都是汗水，仰頭看著陸星延在自己身上馳騁，都忘了要怎麼害羞。

結束後，沈星若撐不住，半寸都不想挪，躲在陸星延臂彎裡睡覺。

身上淩亂不堪，沈星若睡得很不舒服，不過半個小時就轉醒了。

她醒來時，發現自己保持著剛剛的姿勢縮在陸星延懷裡，陸星延抱著她，還精神奕奕地用小號，一個個回覆社群上那些「斯人若彩虹」CP——

『那根魷魚絲乾癟癟的，完全配不上沈星若。』

『沈星若有男朋友了，男朋友特別帥，比那根魷魚絲帥多了。』

『沈星若和她男朋友感情很好，談了很久，別亂幻想。』

看到陸星延那堪比貼手機保護貼時的認真模樣，沈星若也不知道為什麼，心裡忽然湧上了一陣很莫名的滿足感。

該有多幸運，她喜歡的人，這麼全心全意地喜歡她。

陸星延發現沈星若醒了，問：「不舒服嗎？是不是我壓到妳了？」

沈星若搖頭，搶過他的手機，隨手塞到枕頭底下，然後又環繞住他的脖頸，「我身上不舒服，抱我去洗澡。」

「遵命，老婆大人！」

陸星延異常積極，二話不說就掀開被子抱她去浴室。

前幾次他想洗鴛鴦浴，沈星若怎麼都不肯，還是前幾天把她做得動不了了才強行洗了一次，事後她還生氣了。

這次沈星若主動提起這種好事，他哪還顧得上什麼狗屁CP，自然是戲水要緊。

十一月，星城悄然邁入初冬，枝頭金黃色的銀杏葉落了泰半，《爭分奪秒》總決賽也終於如期而至。

沈星若去錄過節目，自然知道現場暖氣不甚充足，但偏偏有女生不怕冷，還穿了露手臂露腿的漂亮小裙子。

沈星若抗不住凍，關鍵是脖頸也不能見人，就穿了件卡其色的高領毛衣，毛衣是粗織落肩的寬鬆款式，單穿也很好看。

去之前，陸星延是想和沈星若穿情侶裝宣示一下主權的。

可沒想到沈星若不讓，幫他挑了件黑色衝鋒衣。

他不樂意，「去看節目穿這個幹什麼，萬一鏡頭掃到我怎麼辦，而且這樣別人怎麼知道我們是情侶？」

沈星若幫他拉好衣服拉鍊，又幫他戴手錶，戴好之後，摸了摸他的戒指，「不是還有情侶戒指嗎？」

「戒指這麼小，誰看得出來。」

陸星延鬱悶，早知道應該定制一對八星八鑽雞雀情侶款了。

沈星若卻很篤定，「會看出來的。」

戒指能不能看出來陸星延不知道，但節目剛開始的時候，他希望全世界都別看出來他是沈星若的男朋友。

李乘帆和趙朗銘這兩個傢伙，硬要跟著一起來湊熱鬧，說什麼幫沈星若加油助威，氣勢不能輸，他也不在意，想著頂多也就是喊兩句「沈星若加油」，又不丟人。

可他萬萬沒想到，這兩個平時塑膠基友情，關鍵時候倒是很關心自己兄弟的正宮地位，在網路上看到什麼「斯人若彩虹」CP之後氣憤得不得了，暗地裡商量著弄了兩個燈牌，裹挾在毛衣裡帶進來了。

晚上七點整，節目開始直播。

主持人串詞，順帶在螢幕上重播了前幾期節目的精彩片段，然後正式宣布，《爭分奪秒》名校巡禮總決賽現在開始。

節目出場順序是按先前的積分排名來的，沈星若所在P大隊伍在節目第五分鐘率先出場。

第八分鐘，輪到沈星若做自我介紹。

隨著她往前邁步，觀眾席忽然零散冒出了幾個「斯人若彩虹」的CP燈牌，也不知道是節目組找來的暗樁，還是小姑娘被顏值與才華所折服，真心粉上了一檔節目裡都沒說上三句話的兩個陌生人。

李乘帆和趙朗銘見機行事，交換完眼神，在陸星延完全不知道的情況下忽地掏出「星」字燈牌，還預備備，整齊地倒數三二一，然後不怕丟人地坐在座位上大聲喊：「雙星雙星，永遠的星！彩虹消散，還看雙星！嫂子加油！妳是最棒的！」

陸星延在那一瞬間完全是傻的。

尷尬到渾身起雞皮疙瘩都不足以形容他那一刻的震驚。

他都不知道自己是做錯了什麼這兩個要這麼豁出顏面來禍害他。

在李乘帆和趙朗銘喊第三遍的時候，導播鏡頭已經切過來了。

陸星延回神，完全出於本能地將衝鋒衣衣領拉到最高，半張臉埋了進去，然後躲在那玩手機，心裡默念：我和他們不熟，我和他們不熟，千萬別拍我，我還要臉！

第四十章　生日快樂

站在臺上的沈星若也被趙朗銘和李乘帆兩人整齊劃一的口號聲吸引，不過舞臺和觀眾席有點距離，她聽得不太清楚，只能看見兩人高高舉起還在晃蕩的「星」字燈牌。

她下意識以為這是陸星延的手筆，還朝燈牌方向點了點頭。

今晚總決賽的賽制很簡單——

先是抽籤兩兩分組，組內進行二十五道題的搶答，搶到問題，答對計一分，答錯扣一分。

搶答結束後，得分高的直接進入最後一輪PK，且兩組之間分數較高的那隊，將在最後一輪PK中獲得一次現場求助機會。

剩下得分低的兩隊再進行一輪PK，優勝隊伍與之前進入最後一輪比賽的兩隊一起，開啟題海車輪戰。

題海車輪戰中，題目是按隊伍順序輪的。如果輪到A組的成員A回答問題，A沒答出來，A將直接出局不再參與答題，與此同時他隊友的答題頻率會變高，負擔會加重。

如果一隊成員全軍覆沒，也就意味著該隊比賽結束。

所有隊伍上場，自我介紹完畢，第一輪抽籤很快開始。

P大是之前的積分第一，擁有此輪比賽的抽籤權。

大螢幕上隊伍名稱滾動，P大隊長喊停，螢幕立時定格成南城大學。

——P大和南大一隊，剩下的T大和F大則自成一隊。

南城大學的隊長是喻斯，高大帥氣，答題能力很強，五進二的比賽中，他力挽狂瀾，為南大爭取到了最後一個進入半決賽的名額，半決賽中發揮也很出色，帶領南大以總積分第二的好成績殺入了決賽。

網路上把喻斯和沈星若湊堆當CP，可實際上兩人都沒怎麼說過話。

名校圈子是流通的，五進二比賽錄製結束後，沈星若的隊友就和她八卦過，說喻斯特別花心，三天兩頭換女朋友，最近在和一個音樂學院的女生交往，那女生還是個網紅，是他撬牆角撬來的。

沈星若聽過很多離譜的傳言，不至於偏聽偏信。

但對於一個在後臺碰面一上來就想交換手機號碼邀約酒吧，言語間還暗示合作炒CP的男生，實在沒什麼好的觀感。

沈星若冷淡得特別徹底。

喻斯不傻，見她這樣的態度，也懶得多作糾纏。

兩人之間如此冷淡又陌生，可有觀眾硬是從兩人前兩期同框的比賽中強行找出點粉紅泡泡，還弄成了這季名校巡禮賽的一個看點。

節目策劃顯然知道網路上在討論什麼，給主持人寫的臺本裡，總要強行Cue到他們兩個。

這下P大和南大抽籤抽成一組，主持人見縫插針地問：「沈星若，五進二的時候，妳和喻斯PK過一場，妳覺得喻斯的答題能力怎麼樣？」

沈星若惜字如金，「很好。」

主持人期待地看著她，可唇邊笑容逐漸變得僵硬。

沒了？

主持人稍頓，見是真的沒了，連忙回神，拾起話題繼續說。

這些參賽的學生裡，有惜字如金像沈星若這樣的，也有能說會道很喜歡表現自己的，一圈問下來，整個環節大概浪費了七、八分鐘。

臺下觀眾都快昏昏欲睡的時候，搶答終於開始了。

「第一題請聽題，被稱為液體麵包的是？」

P大有人秒速搶答：「牛奶。」

「正確答案是，牛奶！P大隊伍得一分！」

「第二題請聽題……」

前面幾道題目都還比較簡單，坐在臺下和電視前的觀眾基本都會，純粹看搶答速度。

幾次下來，大家也都懂了搶答的這個搶字有多麼關鍵，基本上主持人念到關鍵字，後面還沒講完，就有人立刻按鈕搶答。

喻斯是他們隊裡的主力軍，手速快，對問題的猜測也準，猝不及防就來了個五殺，一下將P大比分遠遠甩開。

現場不少女生都在嗷嗷叫，氣氛十分熱烈，他也很應景地對著臺下比了個數錢愛心。

李乘帆和趙朗銘屁都不懂，但不影響他們看得投入，兩人邊看邊在一旁嘰嘰咕咕，「若姐這手速不行啊，一題都沒搶到，我看這個規矩還是女生吃虧，男的都是練過的！」

陸星延瞥了他們一眼，雙手環抱在胸前，靠著椅背，一臉冷漠。好半晌才吐出兩個字，「油膩。」

等到第十題，場上一面倒的局面終於開始鬆動。

主持人：「《清明上河圖》……」

喻斯搶答：「張擇端！」

場內響起回答錯誤的提示音，主持人笑說：「《清明上河圖》的作者是張擇端沒錯，但這題問的並不是作者，而是《清明上河圖》現藏於哪座博物館，南城大學隊伍扣一分。」

南大的隊員都顯露出惋惜的神色。

接下去三題裡，南城大學在題目未報完的情況下搶答了兩題，兩題全部都是答案與題目不符，他們搶上的分數又被自己扣了下來。

雙方隊伍陷入膠著狀態，也不敢再隨意搶題，而且，越到後面題目越難，有些很多人都不會，根本沒辦法搶。

進行到第十七題，局面開始反轉，之前一題未答的沈星若默不作聲地一連搶了三題並且全都答對了！

主持人：「遠山眉黛長，細柳腰肢嫋。這句詩形容的是哪位女子？」

沈星若：「李師師。」

主持人：「行道樹之王指的是？」

沈星若：「懸鈴木。」

南大隊伍也不甘示弱，加緊搶分，兩隊比分咬得很緊，一直追到最後一題——

「現在兩隊的比分是九比九，最後一題，這一題很關鍵了，這一題的答案將決定，到底是哪支隊伍能夠直接進入到最後的題海車輪戰。」

主持人稍頓，拿起題目卡，「最後一題請聽題：獨奏口琴的三大類分別是？」

南城大學那邊還在想要謹慎搶答，主持人話音未落，冷不防沈星若無縫銜接按下了搶答鈕。

場上譁然，主持人也開始引導懸念，「好，這一題是P大的沈星若同學搶到了，那她的答案究竟是什麼，到底對不對呢？」

全場目光都聚焦在沈星若身上，沈星若的隊友也紛紛看了過去，心裡緊張。

他們都不太懂音樂，沒瞭解過這方面的問題，完全不清楚沈星若是真的會還是慣性搶答。

沈星若扶了一下麥克風，「十孔，半音階，還有複音。」

主持人稍稍點頭，邊看題目卡邊說：「讓我們來看一下正確答案，獨奏口琴的三大類分別是，半音階口琴，複音口琴，還有……布魯斯口琴。」

說到布魯斯口琴時，他聲音低了下去。

很快，他又放下題目卡，忽地揚起聲調來了個轉折，「布魯斯口琴又稱十孔口琴，恭喜沈星若回答正確！也恭喜P大隊伍直接進入最後一輪的題海車輪戰！」

場上場下隨著回答正確的音效聲響，不約而同響起熱烈掌聲，夾雜李乘帆趙朗銘這兩個大傻子大聲喊出的「若姐厲害！」

搶答結束，P大隊伍順利拿下題海車輪戰的第一席座位，接下來的半個多小時都沒他們什麼事了，沈星若在後臺邊喝牛奶邊和陸星延傳語音。

場上比賽依舊精彩。

先是T大對陣F大，兩隊寸步不讓純靠盲猜搶答，得分多的同時扣分也多，最後T大以八比七拿下了比賽。

然後又是南大和F大PK，三道難題定勝負，最終南大險勝。

P大比T大略高一分，在最後一輪比賽中額外獲得了一次場外求助的機會。

這次機會寶貴，後臺商量的時候隊長便提出，沈星若答題能力最強，這次機會最好是留給沈星若使用，大家討論完，都沒有異議。

不料開局強勢甚至握有場外求助機會的P大隊伍，在題海車輪戰將將進行到第三個回合的時候，便折損一名隊員。緊接著第五、第六回合，P大又接連折損兩名隊員。

且每次主持人問，是否使用現場求助機會的時候，他們都選擇了不使用。

此時P大只剩沈星若和隊長在場，南大還有四人，T大更是全員都在，氣氛陡然變得緊張。

膠著到第四十五題，隊長卡住，十五秒答題時間過，主持人問：「你們隊伍還有一次現場求助的機會，你需要使用這次機會嗎？」

隊長想了很久，最終還是艱難地選擇了不使用。

場上P大隊伍僅剩沈星若一人孤軍奮戰，南大和T大都還剩下三人，這意味著南大和T大的每位成員答一題，沈星若要答三題。

大家都覺得沈星若應該快扛不住了。

但她神色始終未有改變，反正題來了便答，不急不徐。

「中華第一牌坊指的是？」

「順峰山牌坊。」

「被稱為交響樂之父的是？」

「約瑟夫海頓。」

「長東秋季拍賣會中高價售出的畫作《星漢燦爛》作者是？」

沈星若頓了頓，「沈光耀。」

李乘帆看得目瞪口呆嘖嘖稱奇，「這是什麼拍賣會啊，還有這畫家誰啊，聽都沒聽過，若姐也太神了，這麼冷門的都知道！」

陸星延削了他的腦袋一下，「我岳父。」

李乘帆：「……」

題目越來越難，比賽氣氛也越來越緊張，沈星若一連答了十三道，不知不覺，場上只剩下她和喻斯兩人。

T大本來是最有優勢的，可接連幾題正中盲區，隊員一一折損，結果最先出局。

其實沈星若覺得自己撐到現在全靠運氣，她極其不擅長體育類題目，但一路答下來，體育類的都沒有落在她身上，而且令T大接連折損的那幾道題，她也全都不會。

她和喻斯又答了七、八題，喻斯明顯已經有點撐不住了，好幾次都是在最後幾秒鐘才猜對的。

「小喬原名是？」

沈星若：「……喬婉。」

「世界上最長的史詩是？」

喻斯：「《羅摩衍那》？」

沒有響起正確答案的提示，他又猜，「《荷馬史詩》？《摩訶婆羅多》？」

提示音響起，對了。

他舒了口氣。

比賽比到現在，比起實力，更看運氣。

題目再次輪到沈星若，「被稱為魯爾區德比的比賽雙方分別是？」

沈星若：「……」

體育題，終於來了。

這題她完全不會，她甚至都不知道主持人問的是籃球比賽足球比賽還是其他什麼比賽。

十五秒倒數計時很快。

陸星延坐在底下愣了兩秒，這題，沈星若竟然不會？

倒計時結束，沈星若沒什麼負擔，直接說：「我使用現場求助機會。」

「好，沈星若使用現場求助！」

導播將畫面切至觀眾席，鏡頭緩慢從前排觀眾身上滑過，有人想上網搜尋，才後知後覺發現，現場沒有訊號！

主持人問：「現場舉手的人很多，沈星若，妳想選哪一位？」

她沒猶豫，選了陸星延。

麥克風很快被送到陸星延手裡。

陸星延持續發愣，他根本就沒舉手，沈星若怎麼知道他知不知道？

主持人見隨手抓起來的路人長得還挺帥，於是多問了句，「沈星若，妳為什麼會選他，他是妳認識的人嗎？」

沈星若看向陸星延，說：「他是我男朋友。」

陸星延還在想自己是不是應該稍微側著站一點，這樣在鏡頭裡顯瘦，左手拿麥克風是不是更好一點，這樣戒指往外露得會比較明顯。

可萬萬沒想到，沈星若冷不防冒出這句話，一下子把他的名分安排得明明白白。

雖然站起來的這幾秒內，陸星延的內心戲已經唱足了三百臺，但他面上還是表現出了和沈星若一脈相承的平靜。

他接過麥克風，稍頓，而後回答道：「魯爾區德比的比賽雙方是，多特蒙德和沙爾克零四。」

「相信妳男朋友的回答嗎？」

「相信。」

「恭喜，回答正確！」

也許是沈星若和陸星延不經意秀出的恩愛閃了喻斯的眼，緊接下來題目輪到他，他愣了三、四秒才開始思索答案。

明明是在哪看過的，可實在一下子想不起全稱了，只能眼睜睜看著十五秒倒數計時結束。

三、二、一——

「啊啊啊啊啊！P大贏了！若若贏了！你們看到沒！我兒子！兒媳婦！」

裴月突如其來的土撥鼠尖叫嚇得牌友姐妹們心臟狂跳，大家不約而同捂住胸口，看了裴月一眼，又看向電視螢幕中，在滿場金色雨下鞠躬致謝的——她的兒媳婦。

長得可真標緻。

氣質也好，還這麼聰明。

別說，還真有點讓人羨慕嫉妒恨。

裴月今天到老閨密家接寄養的白孔雀，兩人聊得火熱，吃完晚飯了老閨密還拉著她不讓走，說什麼……來都來了，不如搓搓麻將。

裴月也是雀壇一枝花，有牌可打自然小雞啄米似地不住點頭。

她還打電話叫了個朋友，可那朋友說自己在跟張太太逛街，妳們缺兩個人那我剛好把張太太帶上。

人家都開口了，裴月也不好拒絕，只能邊翻白眼邊笑著說：「好呀好呀！張太太打牌最俐落了！」

俐落個屁！拖拖拉拉！

她最看不慣張太太假模假式矯揉造作的樣子！

四十多歲的人了心裡也沒點數，每天都穿得粉粉嫩嫩花枝招展不管天晴下雨都要撐把蕾絲碎花的蘿莉塔雨傘出來傷人眼睛！

最重要的是嘴還特別賤！

上次她只不過一時疏忽沒來得及收拾……主要還是怕冷，在大衣裡偷偷穿了件羽絨夾衣背心。雙排扣扣得嚴嚴實實，本來是完全看不出來的，可到商場試衣服的時候，她忘記裡面還穿了羽絨背心了，下意識解鈕子，剛解到一半，就被張太太看到了！

當時張太太瞪圓了眼，作出一副見到太陽掉進地心的驚訝樣子，然後三百六十度無死角運用了多種語言表達手法把她嘲諷得外焦裡嫩，說什麼她裡面穿羽絨夾衣一下子老得都能做她媽了！

這還不算完，回去後張太太把這事拿出來逢人便說大肆宣揚，裴月被臊得大半個月不敢出門！

許久不見，牌桌重逢。

張太太一過來就做出一副特別不好意思的樣子和裴月道歉，說什麼她只和誰說了，沒想到誰又和誰誰誰說了，反正都是別人的錯，她自己就是一朵出淤泥而不染的清清白白好白蓮。

裴月也揚起假笑，嘴上說著「小事小事我不介意」，心裡卻暗暗發起毒誓今天一定要在牌桌上找回面子。

可偏偏她今天手氣不怎麼好，一連給張太太放了好幾次炮。

張太太還笑吟吟地嘲諷，說她人老了腦子也跟著老了。

裴月差點沒氣得當場升天。

好在關鍵時刻，裴月忽然想起陸星延提過一嘴，說沈星若參加了個什麼節目什麼比賽，今天正好決賽，星城衛視晚上會直播。

於是裴月就借著有人去洗手間的機會不經意間聊起沈星若，然後打開了電視。

真巧，電視一開便是星城電視臺，而且剛好進入最後一輪的車輪戰。

幾人坐在沙發上邊看電視邊聊天。

場上P大隊伍只剩沈星若一人的時候，張太太便在那輕飄飄地唱衰，說什麼肯定不行馬上就會被淘汰，嘴完全停不下來，活像她上場就能殺遍天下無敵手似的。

裴月氣到說不出話，但隨著場上人數不斷減少沈星若卻巋然不動，張太太也慢慢沒聲了。

直到最後，主持人宣布本次《爭分奪秒》名校巡禮賽的第一名是P大，裴月再也坐不住，站起來土撥鼠尖叫，興奮得快要語無倫次。

之後大家回到牌桌，聊的自然都是和沈星若陸星延有關的事了。

裴月容光煥發，說得特別起勁，心情一好手氣也好，「欸，張太太，等等，我搶個槓，將將胡中了一對！喲！還中了個鳥！哈哈哈哈哈哎呀真是不好意思！」

張太太：「……」

這一晚上張太太越打面色越僵硬，裴月越打越滿面紅光，回去的時候帶著在外漂泊已久的白孔雀，搖頭晃腦哼著小曲，別提有多暢快了。

裴月因沈星若掙回了面子、裡子，網路上某個小圈子，也因這場答題比賽直播掀起軒然大波。

其實今晚《爭分奪秒》的收視率遠稱不上多爆紅，熱度也不夠上熱搜，大家顯然更為關注某男星的出軌八卦，名校巡禮賽除了八卦論壇偶有討論文飄在首頁，也無甚稀奇。

但，ＳＡ圈子卻因為這場比賽牽扯出了一個驚天大八卦！

在節目快結束的時候，沈星若現場求助陸星延，鏡頭給了陸星延將近三十秒的時間。

有小姑娘看到這男生，立刻想起了自己心愛的ＳＡ網紅「大萌橙」的暗戀對象。

回翻「大萌橙」的社群帳號，小姑娘看得心臟狂跳，身影好像，衣服也一模一樣，還有那……那手錶、那戒指……就是他！

小姑娘傻了，在「大萌橙」的福利貼文下留了言，問出自己的疑惑。

再一刷新，這則貼文底下瞬間多出了十幾則留言，都是和自己一樣看到節目發現不對勁的人！

大萌橙的暗戀對象已經有女朋友了！明明就是有女朋友了啊！

沈星若親口說的那是她男朋友！還有那對戒，是情侶對戒！

小姑娘著急等待，可再一刷新，「大萌橙」的這則貼文被刪了。

此時坐在電腦前的陳萌萌已經傻了。

她也在看《爭分奪秒》的直播，看到沈星若現場求助陸星延，並秀恩愛說這是她男朋友的時候，她心裡只是有點泛酸。

等她看完節目刷新社群，發現多了十幾則和這檔節目有關的新留言才驚出了一身冷汗。

手錶？戒指？

她放大圖片。

這些人怎麼不去做偵探，這也能注意到？

她心慌意亂之下做的第一件事情就是刪文。

可她不知道，從陸星延出現在鏡頭裡的那一刻起，就已經晚了。

幾乎陸星延剛答完題，SA的論壇裡就有人發文質疑。

一開始陳萌萌的粉絲還很維護她，看都不看就說不是，可後來仔細一比對，大家發現真的就是同一個人，而這個人，有女朋友。

即便如此，粉絲還是維護，基本論調就是「肯定不知道他已經有女朋友了」。

還有人提出了一個異想天開的想法，說沈星若就是大萌橙。

但這個說法太可笑了，別說個性完全不像，沈星若是P大的，何必在網路編造自己在南方某大學，而且明明是男女朋友還在網路上寫暗戀日記，那難道不是更為嚴重的欺騙嗎？

一時間，SA論壇首頁全部都是關於這件事的文。

SA圈子裡也有不少人早就看不慣陳萌萌SA做得不怎麼樣，倒靠暗戀段子圈粉，一朝出事，私底下熱鬧得厲害。

其中還有關注《爭分奪秒》的已經第一時間知道陸星延是星大的學生，自然而然地推測出陳萌萌也是星大學生。

陳萌萌平日保密工作做得還算到位，大家也不可能一下子從星大這麼多學生裡憑空揪出她。

但只要稍加打聽，有心人就能知道陸星延在星大的各種事蹟。

尤其是女生在宿舍樓下告白遭遇正牌女友這件事——簡直就和陳萌萌發過的幸災樂禍貼文完美對應！

所以粉絲想洗白說她不知道對方有女朋友根本就不可能！

陳萌萌心慌意亂，看到論壇上這些不可控制的發展，也顧不得好不容易攢起來的粉絲和唾手可得的利益了，她咬了咬牙，哆哆嗦嗦地操控著滑鼠，清空帳號。

她心裡只有一個想法，她絕對不能在現實生活中暴露！

可沒等她做完這一切，手機卻先響了。

是白露的電話。

她努力調整呼吸，不讓自己露出異樣，「喂，白露。」

沒想到，電話一接通，白露就直接開口怒罵，什麼「賤人」、「綠茶婊」之類的，難聽的話一籮筐一籮筐扔過來。

陳萌萌面上發白，知道不好了。

這週白露沒回家，躺在床上逛網拍，幫陳萌萌挑生日禮物。

不知為何，李聽突然跑了過來。

沒等她刺上兩句，李聽就說自己發現了一件有趣的事，與陳萌萌跟她都有關。

她雖狐疑，但也好奇，就放李聽進了門，然後就看到陳萌萌在網路上的兩面做派，尤其是陳萌萌之前發的那則：『今天有女生在宿舍樓下當眾和他告白，下場非常慘烈，本綠茶婊非常開心！』

白露看到之後差點沒發瘋！

這個綠茶婊！原來她自己也喜歡陸星延！當初要不是這個綠茶婊慫恿！她怎麼會出那麼大的醜！太賤了太賤了！竟然還在網路上把她當笑話一樣拿出來說！說不定背地裡還做了多少手腳！

白露整個腦子都炸開了，完全都顧不上李聽在旁邊看笑話，抓起電話就把陳萌萌瘋狂辱罵了一頓。

她可不是什麼「吃虧是福」、「姐妹情深我不計較」的性子，而且她和陳萌萌平日也是塑膠多過姐妹，光是罵一罵怎麼夠她解恨。

喝了杯水冷靜冷靜，白露馬上寫出了一段有理有據的貼文昭告天下，還在班級群組裡對陳萌萌喊話，把自己說成了受她慫恿的小白花，她則是個表面軟萌實則心機深沉踩著室友打著挖牆腳主意的萌妹子婊！

同時她也不忘徹底搞崩陳萌萌人設，跑到SA的論壇發了一篇文章揭穿陳萌萌的真面目。這麼大肆宣揚一番，陳萌萌網路、現實的黑料自然和長了翅膀般在學校裡飛竄。

身為當事人之一，沈星若自然是收到消息比較早的那一批。

她很平靜。

畢竟這本就是她的意料之中的事。

沈星若其實也不想事事計較，她給過陳萌萌機會，當初發現時的留言，就是一種警告和提醒，陳萌萌若見好就收，她可以當做從來就不知道有這麼個拿她男朋友當筏子掙名掙利甚至還想挖牆腳的事。

可陳萌萌沒把她的警告放在眼裡，還變本加厲，網路、現實都玩得很開心，頗有幾分要靠陸星延編段子發家致富住豪宅走上人生巔峰還要把陸星延撬回自家的意思。

若說整件事有讓沈星若意外的地方，大概就是她做了個人情把事情扔給和陳萌萌不合的李聽，李聽卻舉一反三，把事情告訴了白露。

不得不承認，李聽現在真的是學聰明了，這樣做一來不用自己出面省得惹一身騷；二來又最大限度地噁心到了白露；三來白露來鬧，陳萌萌的黑料就更多了，畢竟是好閨密。

見沈星若看訊息看得入神，陸星延問了句，「看什麼，這麼認真，背著我在外面有狗了啊。」

「沒什麼。」

她收起手機，抬眼看陸星延。

幾個女生為他鬧得炸開了鍋，他還一臉傻白甜地沉醉在剛剛自己英俊瀟灑帥氣神祕的答題風姿當中。

初冬的夜風已然凜冽。

節目組的飯局結束，兩人正往停車場走。

剛剛裴月打電話過來了，陸星延又面不改色心不跳地說了謊，說什麼沈星若要慶功，會通宵K歌，實際上他在飯局時已經訂好了酒店。

到酒店洗完澡，兩人還在聊今晚的比賽。

沈星若跪坐在陸星延身後幫他吹頭髮，陸星延不知怎地突然良心發現，說了句公道話，「其實我覺得那個喻斯答題能力確實挺強的，比他們學校其他幾個強多了。」

「是嗎？」

陸星延：「是啊，我說真的，看你們答題我還是挺慚愧的，好多聽都沒聽過。」

「而且我發現，懂的東西多那確實還是不一樣，就是……被人當成學霸真的還挺過癮的。」

沈星若沒說話，纖瘦蔥白的指節從他髮間穿過。

吹乾最後一小撮微濕的短髮，她關了吹風機。

陸星延忽然轉過身，握住她的手腕發願，「我一定會好好努力，明年拿到P大交換生名額的。」

沈星若將吹風機放到床頭櫃上，回過身，雙手搭在他肩上，「你能這樣想那最好。」

「我是認真的。」

「我沒說你不認真。」

沈星若微偏著頭，雙手向上，又捧住他的臉。

陸星延看著近在咫尺的漂亮臉蛋，忽然沒出息地咽了一下口水，本來還很正經的思想也一下變得不正經了，再開口時，聲音也不自覺地低沉了許多，「那先收點利息吧，妳說了我去P大就和我做的。」

沈星若：「……」

到底是什麼基金能產出這麼多利息？

深夜落地窗簾遮掩一室春光。

被按著收了一回利息，沈星若臉上紅撲撲的，額邊髮絲也被汗水浸透，最後脫了力，她閉著眼，胸脯起伏微喘。

陸星延很喜歡看她這副模樣，平日的清冷在這時候添上幾分嬌媚，顯得格外動人。

而且每每想到這顏色是他添上去，那種滿足感和成就感更不是尋常爽快可以比擬。

他將沈星若圈進自己臂彎裡，「寶寶、寶寶」地喊著，說些肉麻兮兮的話，特別膩人。

沈星若懶得理他，也沒力氣理他。

其實陸星延平日對她是沒什麼原則的，願意遷就、願意寵，甚至還願意讓她在戀愛中占據主導地位，怎麼看怎麼像二十一世紀的二十四孝好男友。

可旁人並不知道，陸星延在床上有種不受約束的莫名強勢，毛病特別多，做就做，他還特別注重做的過程中雙方的言語交流，總愛問一些下流問題，答也不是不答也不是，順著他誇他更起勁，逆著他貶他還要多用三分力來證明她是錯的。

雲收雨歇過後，她精疲力盡。

陸星延膩完，稍稍往上坐起了一點，又讓沈星若換了個姿勢枕他的腿。

見沈星若現在儼然是一副累得狠了隨你擺弄的樣子，陸星延邊玩她頭髮還邊碎碎念，「妳的體力不行，跟不上我的節奏，以後我還是每天早上去妳宿舍樓下等妳一起跑步吧。」

「……你閉嘴。」

「我說實話妳還不愛聽，我都不敢用力弄妳，怕妳和小麵包車似的車速快一點就散了。」

沈星若伸手去捂他的臉。

陸星延似笑非笑地，輕輕鬆鬆就把她的手拉下來按到了身後，「妳搞清楚自己在床上是什麼地位，別亂動行不行。」

沈星若：「……」

「就這麼說定了，以後我每天早上去接妳跑步。這樣，我給我自己加點難度，顯得公平一點，我每天跑步的時候都背一篇英語小短文怎麼樣？也算是督促自己努力進步，我不是還要努力拿交換生名額嗎？」

「隨你。」

事實上，沈星若是沒太把陸星延的發願和安排當一回事的，他以前總是一副吊兒郎當的樣子，現在總是一副精蟲上腦的樣子，努不努力都看不太出來。

可當她週二想在寢室睡懶覺的時候，她才知道陸星延這次是來真的。

早上六點半，她的手機震動個不停，差點把室友全吵醒了。

她換了衣服渾渾噩噩下樓，就見陸星延穿了套黑色運動服站在她宿舍樓下，硬要拉著她跑步，而且邊跑還邊背英文短文給她聽。

剛開始沈星若是特別想發火的，莫名其妙跑完三圈，她腦子清醒了，也沒什麼睡意了，火也歇了下去，只是冷著臉和陸星延一起去吃早餐。

一連跑步五天，沈星若終於發現，陸星延在鍛煉她的身體用以提高性生活暢快感這件事上有著從未有過的堅定和執念，他要是早點拿出這種不畏艱難險阻的氣勢，當初升學考也許能考上P大也未可知。

沈星若跑著跑著，也慢慢習慣。

說起來，她和陸星延膩在一起的時間很少，兩人課業繁忙，一起上的課不多。每天早起跑步吃早餐，倒是多出了一點固定見面的時間。

這一年在一起的校園時光，沈星若過得很充實，很甜蜜，也很平靜，沒人再來讓她心煩，也沒人敢惦記她的牆角。

這多虧了陳萌萌和白露鬧的那一場，兩人都不是簡單的角色，鬧到最後互爆黑料撕得特別難看，星大BBS也被兩人的事情屠版攪得天翻地覆，還有不少外校學生前來圍觀看笑話。

文學院導師知道後差點沒氣到升天，當下壓著沒發作，沒過多久就另找名目給兩人下了處分。

冬去春來，又至盛夏。

六月初，星大的交換生名單下來了，陸星延的名字高懸在經管學院名單的第一位，交流大學——P大。

其實是意料之中的事，但真正看到名單出來，陸星延還是揚起了唇角。他拍了張照片給沈星若，要她乖乖等著，今晚償還本金。

沈星若半天沒回他，正在理髮店弄自己的頭髮。

升學考完的暑假陸星延陪她去燙了一次，後來頭髮長長，捲髮部分也愈來愈乾枯，她索性剪了，回到以前的黑長直。

上學期她又對自己的髮型不滿意，不聲不響去弄了個已然過氣的韓式空氣瀏海，沒兩天她就覺得瀏海礙事，又開始蓄瀏海。

蓄了好久將瀏海蓄長，她剪了韓劇女主角的短髮。剪完短髮後，陸星延被嚇得不輕，室友也以為她失戀了，她又開始留長髮。

現在她的頭髮已經和以前一樣長了，她又想燙捲。

陸星延也是怕她了，每次髮型一變，他就暗自琢磨沈皇后是不是心情不太好，自己是不是做錯了什麼。

這次也一樣，看到沈星若燙捲了，他又開始搜腸刮肚往三個月以前回想。

不應該啊，他可是成功拿到交換生名額了，沒做錯什麼吧？

可沈星若也沒明示，他想了想，還是暫時不敢提償還本金一事。

每年六月都有兩天是升學考日，而升學考結束後不久，則是兩人生日。

今年陸星延和沈星若二十歲了，談戀愛也整整兩年了。

十八歲成年的時候不覺得有什麼，可當年齡來到二字開頭，好像隱隱約約明白，成熟變得勢在必行。

陸星延是陸家獨子，陸山從前沒敢對他抱有多大指望，可他開始上進之後，陸山對他要求也不一樣了。

大學畢業便要去國外讀研究所，國外讀研究所回來就要進集團做事，再一步步地，接手陸山親手創立的金盛集團。

陸星延沒什麼興趣愛好，陸山為他規劃的路他願意走，想要轉交給他的責任他也願意承擔。

這個家給了他太多東西，他希望以後能夠由他來為陸家遮風擋雨，也希望自己可以給沈星若隨心所欲的底氣。

沈星若是想法很多的人。

以前沈星若很少和他交流對未來的打算，他以為是沈星若覺得，和他還到不了這個高度的交流，但這一年一直在一起談戀愛，他也或多或少明白了沈星若的想法。

她不是不願意交流，而是想做的事情太多，不願意被某一類工作完全束縛。

沈星若說她以後想進修各類感興趣的課程，開鋼琴演奏會，當一段時間律師，環游世界拍很多照片，甚至寫劇本當導演籌拍一部自己想拍的電影。

可在她十多年的學習生涯裡，她好像總是以一種過於優秀的資優生形象出現在眾人面前。

她是優秀的，出眾的，但也是循規蹈矩的。

沒人會認為她的能力有問題，大家會覺得，她做任何一行都能做得很好，但那樣跳來跳去，不以利益和成就為目的又天馬行空不夠穩定的未來，好像不該屬於沈星若。

而且她想要做的所有事情，都需要雄厚的金錢實力作為支撐，誰賺夠了錢不想環遊世界？家境好也許能這樣過一時，但能這樣隨心所欲地過一生一世嗎？

其實沈星若自己也覺得不現實，所以很少對人提起對未來的規劃。

但陸星延卻不覺得太過理想化，兩人說起這個話題時剛好是運動會結束，沈星若接力時扭到了腳，他揹著走不了的沈星若邊往醫務室走邊說：「這還不簡單，等畢業妳就嫁給我，我養妳一輩子，妳想幹什麼就幹什麼。」

沈星若：「說得好聽，我要是被你養廢了，你又不喜歡我了，那到時候想把我掃地出門不是很容易嗎。」

陸星延大言不慚，「那妳可以幫我生孩子，多生幾個，在電視劇裡這叫母憑子貴。」

沈星若在他背上箍住他脖子，差點沒把他勒死。

最後他只能求饒道：「我錯了、我錯了，我們家以後肯定只有子憑母貴的份，妳又不是不知道，我最煩小屁孩了，要不是妳生的我肯定看都懶得看一眼，而且我怎麼可能不喜歡妳了，妳不要胡說八道行不行。」

那天夕陽很好，塑膠跑道上兩人交疊的身影被拉得很長。

沈星若安心地靠在他背上，也不知道為什麼，她聽身邊理性的人分析過很多戀愛結婚中變心的事，依舊很篤定，陸星延說會一直喜歡她，就一定會喜歡她一生一世。

生日那天兩人很忙，裴月說什麼也要幫他們辦一個盛大的生日 Party，彌補十八歲沒大操大辦的遺憾。

Party 結束，兩人都有些疲乏，各自回房洗澡。

沈星若找出買來的性感粉色睡衣，猶豫要不要現在換上。

睡衣也是說得好聽了，其實就是一塊紗，都遮不住什麼東西，因為生理期來，兩人好多天沒做了，她特地去燙頭髮，也是為了搭配這一身跟陸星延過生日。

但這樣是不是有點……其實她燙完頭髮就試過一次，實在是有點太暴露了，也不知道穿成這樣陸星延會不會嘲笑她。

正當沈星若在浴室猶豫的時候，陸星延跑來敲門，讓她洗快點，他要帶她出去一趟。

夏夜的風很燥熱，沈星若看著路線越開越偏，還是問了句，「我們去哪？」

「到了妳就知道了。」陸星延單手握著方向盤，散漫地笑。

又開了二十分鐘，跑車駛入童話鎮歡樂世界。

深夜的「童話鎮」已然寂靜，往裡望，一片漆黑。

但在兩人走入大門的瞬間，燈光竟然依次亮起，就連萵苣姑娘的城堡也燈火熠熠。

沈星若又不傻，稍愣兩秒便知道，這是陸星延花了大錢幫她過生日。

這種韓劇才有的情節搬到現實生活中，並成為其中的女主角，沈星若沒有覺得俗套，只覺得心臟跳動很快。

——大概沒有女生能夠拒絕，一座只為妳而亮的遊樂場。

摩天輪工作人員等候已久，兩人坐上去，慢慢地晃到最高點，城堡煙火也適時升空綻放。

陸星延抱著她看窗外煙火，忽然說：「沈星若，我必須和妳坦誠一件事，高二那年暑假我們來童話鎮的時候，我在摩天輪上偷親妳了。」

沈星若：「……」

我知道，還不止親了一次。

陸星延：「當然，妳現在可以親回來了。」

沈星若：「我不要。」

陸星延：「那我幫妳親回來。」

說著，他按住沈星若，強行和她接吻。

這個吻很綿長，按照計畫把沈星若親得有點喘不上氣之後，陸星延又變戲法似的掏出了一枚戒指，一枚錢折的愛心形狀戒指。

他不由分說給沈星若套上，「這是我們第一次在高鐵上見面的時候，妳跟我借水，給我的那五塊錢，我照著影片學了好久才折好，妳戴了我的戒指，就要嫁給我。」

沈星若舉起手，邊打量戒指邊說：「你又沒到法定結婚年齡（《中華人民共和國民法典》）。」

「那沒關係，我能等，我們可以先訂個婚。」

陸星延話音未落，又開始自顧自地琢磨，「妳說我現在去把戶口名簿年齡改成二十二怎麼樣？能不能改。」

沈星若沒應聲，只是盯著自己手上的戒指，唇角不知不覺地往上揚。

煙火放到最熱烈的時候，陸星延看了一眼時間，離零點還剩最後三十秒。

他從身後環抱住沈星若，下巴搭在她肩膀上，偏頭吻她耳垂。

「沈星若，生日快樂。」

「以後每年，我都會是最後一個祝妳生日快樂的人，也一定會是，陪妳走到最後的人。」

沈星若稍頓，緩緩回頭，主動吻了他的唇。

「陸星延，生日快樂，我也是。」

——正文完——

番外篇

番外一　旅行

據說情侶結婚之前，一定要一起出門旅行一次。沈星若和陸星延戀愛兩年都沒一起旅過行，在大二升大三的那個暑假，倒是一起出去了兩次。

第一次是去泰國，同行的還有裴月、陸山，美名其曰溫馨親情遊。

其實裴月對東南亞沒什麼興趣，但陸山早年的司機自己開了個旅行社。人家不忘當初陸山的關照厚待，運營穩定後立刻送來泰國豪華家庭七日遊的服務給陸山。

怎麼說也是一番心意，實在不好拒絕。

去之前裴月拉著沈星若逛商場，備足了防曬乳，還買了好幾套泳衣。

不得不承認，人長得好看，穿什麼都好看。在沙灘上，沈星若不下水，只是穿著泳衣裹著披肩，也是一道美麗的風景。她氣質好，皮膚白得在陽光下清透晃眼，不多看幾眼好像都說不過去。

有國內來的女生注意到她，還私底下小聲討論說：

「這是不是什麼網紅明星啊，好漂亮。」

「真的蠻漂亮的，不過應該不是網紅明星吧，好像沒見過。」

「我也覺得不是，網紅明星的話出來玩應該會有攝影師隨行跟拍，就算是自己出來度假那也應該有有經紀人之類陪著一起吧。」

小姑娘們嘰嘰咕咕討論著討論著，話題方向不知不覺歪了。

「妳說她為什麼一直不脫披肩啊，不熱嗎？」

「防曬啊，太陽太毒了，我都曬痛了。」

「不，我覺得是胸小，哈哈哈哈哈。」

沈星若還真的不是胸小。

她身上的披肩是在陸星延的強烈要求下裹的，畢竟除了有特殊癖好的人之外，大概沒有男生會喜歡別的男人一直打量自己女朋友的身材。

而且作為親密無間的正牌男友，沈星若的身材，陸星延最清楚不過。雖然不是什麼令人目不轉睛的C和D，但也不至於A成飛機場。

在海邊，陸星延飽足了私人訂製版的眼福，但礙於裴月和陸山這兩隻重量級大吊燈在場，他什麼也做不了，加上天氣熱，他整個人特別燥熱。

可這還不是最燥熱的。

一路上行程都很周到，浪漫清新，在島上看的人妖秀也很賞心悅目。可後面兩天轉至芭堤雅，畫風突變。

芭堤雅的特色舉世聞名，明明不是一個適合拖家帶口來的地方，但國內旅行社為了賺錢，都愛安排這個行程，於是這座燈紅酒綠的城市裡，時常可以看見四、五十歲的大媽、大叔帶著兒子、兒媳、孫子、孫女跟著旅行團四處晃。

陸山前任司機安排的私人導遊帶他們去看成人秀時介紹得比較委婉，於是包括智商最高的沈星若在內，都下意識以為成人秀和他們之前看的人妖大秀是同一種東西，頂多就是性感一點。

但進到秀場，裴月傻了，沈星若也傻了。

這可真是、真是相當成人了。

陸山心理承受能力很強，除了和老婆、兒子、未來兒媳一起看這些感覺有點奇怪之外，還是很淡定的。

陸星延不淡定了，他下意識捂住沈星若的眼睛，「不准看，這都是什麼東西，我帶妳出去。」沈星若一句話也沒說，只是面紅耳赤的點點頭。

轉身時不小心觸碰到陸星延，她僵硬片刻，又閉了閉眼。

本來還算完美的旅行，在四人共賞一場成人秀後，以尷尬和無言以對默默收場。

回程路上，四人還在強行假裝無事發生。

別人問及這次旅行，他們也默契地集體略過芭提雅的相關行程。

可能是和家人出門太受限制，沒過多久，陸星延又和沈星若做了兩人單獨出行的計畫。

第二次兩人去了鄰省的澍城。

澍城地理位置偏西南，以美食聞名。從星城過去，坐飛機一個多小時就能抵達。可陸星延也不知道發哪門子風，本來沈星若都在訂機票了，他忽然說要開車帶她過去。

「開車最多也就十多個小時，我們早上七點起來，吃個早餐，然後八點出門，晚上八點到，還能吃個火鍋。」

陸星延說得輕輕鬆鬆，安排得還挺像那麼回事，沈星若也就信了。

沈星若大一上學期的寒假去考了駕照，作為學神級別的考試選手，從筆試題目到實際操作她全是一次性滿分，但她很少上路，偶爾上路也是短途，所以對開十二個小時這件事毫無概念，心裡想著和陸星延路上偶爾換著開一開，也不辛苦。

兩人說要單獨出去旅行，裴月是舉雙手雙腳贊成的。出門前一晚，她還掛著一臉老母親的笑，在飯桌上旁敲側擊問兩人的行程和酒店。

她實際想問什麼，陸星延和沈星若都清楚得很。

但沈星若肯定不會開這個口幫她解惑，陸星延則是故意不說，雜七雜八扯了一堆有的沒的，見裴月沒聽到重點表面平靜實際上特別著急的樣子，他就特別開心。

直到飯畢，沈星若去廚房放碗，陸星延才挑了挑眉，懶洋洋地拖長聲音說：「媽，妳別裝了，妳不就想知道我們分開睡還是睡一起嗎？」

裴月瞪他，一臉正氣地駁斥，「你這臭小子胡說八道什麼呢！」

陸星延不以為然，放下筷子，示意裴月湊近一點。

裴月看了廚房一眼，扭捏了兩三秒，將正氣拋諸腦後小心翼翼地湊近。

陸星延壓低聲音，神神祕祕道：「媽，其實我和沈星若……」

「什麼、什麼？」裴月緊張。

陸星延：「還沒訂酒店。」

「……」

陸星延吊兒郎當地起了身，笑。

裴月反應過來，突然暴怒，起身一把揪住他的耳朵往廚房塞，「三天不打上房揭瓦！長本事了啊，得意到都忘記自己姓什麼了是吧？還敢耍我？給我洗碗！洗完碗拖地！小兔崽子！跟你爸同個德行，上樑不正下樑歪！你們兩個今晚都睡沙發！」

還在公司連軸轉忙開會的陸山莫名打了個噴嚏，心下預感不妙，想著今晚還是不回家算了。

雖然沒從陸星延口中探聽到兩人目前的戀愛進度，但裴月晚上躺在床上思考，還是覺得一男一女出門在外，又不像一家人一起出去還能監督一下，乾柴烈火情難自抑的，難免發生點什麼……

裴月並不介意他們發生點什麼，但小孩子不懂事，這萬一弄出「人命」來，下學期才大三呢，時機不太對啊。

她胡思亂想了一整晚，第二天一大早就悄悄讓周姨買了點東西回來。

吃完早餐，陸星延和沈星若準備出門。裴月特地拉住陸星延，往他口袋裡塞了東西。

陸星延沒看清楚是什麼，正想拿出來看，裴月就按住他的手，「出門再看。」

說完她頓了頓，又用氣聲道：「避著若若看。」

見她神神祕祕的，陸星延愈發好奇了。

把車開出別墅區，陸星延一手握著方向盤，一手往口袋裡摸那神祕小盒子。

一看，笑了。

他特別囂張地拿到沈星若眼前晃了晃，「我媽真是絕了，剛剛裝神弄鬼塞東西給我，我以為是什麼呢，原來是這東西，就這麼一盒我一個晚上就用完了，她看不起誰呢。」

「……」

沈星若面無表情地沒收了神祕小盒子。

這次出門陸星延沒開他買的「周邊產品」，油耗高暫且不論，加油站的油大多時候也難以滿足需求，而且底盤又低又硬，過減速帶簡直要命，誰家有錢也不是這麼玩的，相對而言，越野車跑長途就比較舒適了。

——以上這些理論知識陸星延對沈星若說了一遍，說得頭頭是道很有經驗。

沈星若聽著也覺得有道理。

但傍晚進入澍城地界，陸星延口中千好萬好的小越野，在高速公路上拋錨了。

此時兩人輪換開車加上中途休息，已經在路上逗留了超過八個小時。雖然大多時候都是陸星延在開，但沈星若也半分不敢懈怠，精神始終是高度集中的。

天色漸晚，兩人都被漫長的車程教育了，正打算到下一個休息區吃點東西好好休息休息，沒想到就這麼拋錨了。

檢查完，陸星延確認是爆胎，可車並不在應急車道上。

不在應急車道，高速公路上不能自行換胎。

等到保險公司來了，修好後開至澍城找酒店，已是凌晨一點。

兩人又餓又累又睏，隨便點了個宵夜外送也莫名難吃。

沈星若的心情已經差到極點，見陸星延還把路怒症帶回酒店，滿腦子嗡嗡的，忽然推開浴室的玻璃門，皺著眉對他說：「你能不能別說話了，不是你硬要自己開車哪裡會有這麼多事。」

陸星延剛脫了T恤，轉頭看她，「那妳能不能別這麼凶，拋錨是我願意的？我開了這麼久話都不讓說了？」

沈星若沒再理他，冷冷地甩上門。

陸星延愣了兩秒，似乎沒聽見浴室傳來的水聲，走過去拉開門，想要和她好好理論理論。

可門一拉開，便見沈星若在脫T恤。

他下意識鬆手，任由門關上。

但下一秒他又拉開了，不等沈星若反應過來就從背後抱住她，然後將她按至洗手檯上。

「你放開我！」

陸星延不理。

沈星若之前打開了熱水開關，不過一下子，浴室裡就水霧朦朧了。

本來今晚兩人都累，陸星延是不準備做什麼的，但沈星若挑事的本事簡直世界一流，心裡的火分分鐘就被她順帶勾了出來。

他聲音低啞道：「妳對我的要求能不能放低一點，我又不是聖人，抱怨都不能抱怨了？」

沈星若咬著唇斷續道：「你廢話那麼多，婆婆媽媽，不像個……男人。」

「妳現在說這話，故意的？」陸星延停了下來，嗓音又壓得更低了些。

不等沈星若解釋，浴室的水霧更朦朧了。

洗完澡回到床上時，沈星若連挪動的力氣都沒有了。陸星延就和精分似的，這時候倒是知道低聲下氣地認錯，保證的話說得比花還好聽，什麼以後絕對不在她面前像個怨夫一樣不停抱怨了，也一定不會再讓她累到，做任何決定都會先確保萬無一失不再一時衝動……

沈星若沒出聲，主要是沒力氣出聲。

不過她確實也不怎麼生氣了。很多事情都要看時機，包括吵架，最想要爆發的時候沒爆起來，一頓操作加事後示弱安撫，本來沒多大的氣自然很快消散。

她迷迷糊糊鑽進陸星延懷裡，竟然還開始反思，覺得是自己比較過分，陸星延開車已經很累了，不過就是念了幾句，如果說他是忍不住抱怨，她不也是忍不住向陸星延抱怨嗎？

下一秒她又想，陸星延是不是偷偷向他那幾個狐朋狗友學了新招數，或者報了什麼戀愛班，現在進步怎麼這麼大？

仔細算算，室友三不五時就和男朋友吵到要分手，她和陸星延卻沒有真的吵過兩次架。

她想著想著，就睡著了。

除了路上出現的這些小小故障造成了一些不愉快，之後幾天的吃喝玩樂還是比較開心的。

沈星若和陸星延對景點都沒什麼興趣，在童話鎮遭遇過的排隊之罪也無意在旅行中再遭一次，整天吃吃逛逛，或者在酒店膩著，都怡然自得。

與此同時，陸星延總算體會到當初李乘帆去西藏天天在社群上秀恩愛有多爽了。

這幾天，他活躍得就像個賣直銷的，而且看起來十分沒見過世面，就連星城街頭遍地都是的臭豆腐他也要拍張特寫。

如果說之前李乘帆秀恩愛配雞湯文是暗騷，他就是騷得很光明正大臭不要臉，配文簡潔明瞭——

『我女朋友，一個字，美；兩個字，很美；三個字，特別美；四個字，美若天仙。』

『接吻九宮格，直出 **1080P** 藍光高清。』

『今日份的閃光彈請接好。』

『買了頂新的情侶帽，允許你們誇十分鐘，誇得別出心裁的發紅包。』

裴月這幾天靠兒子和兒媳婦的閃光彈過活，心情很好，出門打牌、逛街總是笑瞇瞇的，特別和顏悅色，櫃姐吹捧幾句就立刻刷卡簽單，衣服看都不看就讓人送到落星湖。

她默默當了五天的點讚機器，眼看兩人歸期將近，終於按捺不住心中好奇，問了陸星延。

裴月：『媽給你的東西用上了嗎？』

不巧，這則訊息被沈星若先看到了。

看到沈星若拿著他手機看了新訊息一眼又彷彿燙手般藏進枕頭底下，陸星延低啞著問：「妳藏什麼，我都看到了。」

沈星若沒說話。

陸星延忽然笑了一下，意味深長道：「妳回我媽，就說，買得太少，早就用完了。」

番外二　P大生活

（1）

陸星延讀大學的這四年，比他讀小學和國、高中時，要安分守己得多。可就算是安分守己，他在做交換生的大三那年也挨了個不大不小的處分。事情鬧出來被大家拿來當茶餘飯後的談資，他也差點被P大打包送回星城。

一說起來陸星延還覺得有點冤枉，本來都平安無事度過大半年了，偏偏大三下學期，學校弄了個什麼投票，選女生拍招生海報。

這兩年，很多大學都喜歡在升學考試季弄一些噱頭吸引考生注意，比如拿學校的優越環境編一段順口溜，又比如在網路上分享各種美女舉牌照，上面大多會寫上一句：「學姐在XX大學等你。」

陸星延剛聽說學校要弄這個投票的時候並不怎麼在意，還覺得選出來拍這種舉牌照有點Low，他才不要讓沈星若去拍。

可沒過幾天，學校拍海報的投票，不知怎麼的就在口耳相傳中等同於校花投票了。

晚上，男寢室臥談。

陸星延的室友鄒易嘉邊滑校園ＡＰＰ，邊躺床上搭著腿嘮嘮叨叨——

「陸星延，你家沈星若怎麼才第八名，我的天啊這不科學吧。」

「欸我就好奇了都是什麼人在投票啊，你瞧瞧第六名這個，我靠，這他媽都黑成煤炭了排名還比沈星若高？我們學校學生沒有審美能力就算了，什麼時候連審醜能力都喪失了？」

「你嘴上積點德吧，有你這麼說女生的嗎？」對床的李江潮一向正直，最近課餘時間還醉心研究平權問題，聽不得別人拿異性外形說事。

陸星延也登錄進Ｐ大的校園ＡＰＰ看了一眼，討論區的置頂投票文標紅，留言已經高達四位數。

他之前順手投過一票給沈星若，所以他的用戶端也會直接顯示即時的投票數。

一二三四五六七八……他順著票數高低數了數，沈星若還真的排到了第八。

陸星延仔細看了一遍這二十多位候選人，不知怎麼的，他忽然有點生氣。

這是什麼情況，別人不是美美的藝術照也至少是美美的自拍，到沈星若這投票圖畫風一轉，變成一張別人在課堂遇見隨手偷拍的生活照。

鄒易嘉還在自己床上說個沒完，他對著投票貼文，從某某和某某不合說到了某某的前男友是某某的現男友，還有某某和某某為了獎學金吵過，以及某某被某某諷刺之後去割了個雙眼皮，總之也不知道他一個大男生為什麼會對女生的八卦這般的如數家珍。

陸星延稍稍聽了一耳朵，沒太理清頭緒，只感覺拿這些八卦去問沈星若，沈星若都會一問三不知。

鄒易嘉又說：「對了，現在第一那個李如月，我記得她之前和你家沈星若因為模聯的事情鬧過不愉快吧，那難怪她最近為這個拉票拉得這麼積極了。」

「什麼不愉快？」陸星延偏頭問。

鄒易嘉：「李如月不是外語學院的嘛，競爭模聯名額的時候被你女朋友一個文學院的壓下去了，心裡不爽唄。」

「……這叫什麼不愉快？你用詞能不能精準一點，這個頂多叫單方面不爽，我女朋友哪有功夫跟她計較。」

還不愉快呢，他覺得沈星若連人家名字都沒記住。

往下翻了翻留言，陸星延看到也有人問為什麼沈星若的照片和別人風格不同。

管理員回覆說，是因為沈星若自己沒有報名，所以也沒有提供照片給他們。

陸星延覺得，留言裡還是有明眼人的，不少人說見過沈星若，顏值和氣質，簡直就是吊打所有人選的存在，還選什麼選，就應該直接是沈星若。

可更多的還是一些疑似高票得主的親友團對這些留言進行反駁，說什麼票數才是最公正客觀的，誰更漂亮誰更受歡迎一目了然，還將那些說沈星若顏值比較高的打成了沈星若親友。

——不親眼瞧一瞧，實在是很難相信國內頂尖學府的學子裡，竟然還有這麼一小撮不醉心學術研究卻很熱衷在論壇討論幼稚無營養話題的幼稚園大班小朋友。

陸星延本來沒看到後面這些回嗆也還好，可看到之後是越看越氣，披上小號親身上陣親自開嗆之餘，還招呼寢室裡兄弟一起。

沒辦法，P大校園APP對註冊登錄有很嚴格的限制，只能是在校生，一個人也只能註冊一個帳號。

寢室裡的男生也很仗義，陸星延開了口，他們便給自己的兩肋插起了刀。

可他們幾個大男生，又是學經管的，論伶牙俐齒，比起那些小姑娘還是要差那麼一滴滴。

尤其是那些留言的小姑娘裡頭，還有幾個已經豁了出去不怕暴露自己來自外語學院的事實，仗著語言優勢，竟然用冷門語種回覆。

這幾個人嘰裡咕嚕也不知道在說啥，他們還要線上求助外援進行翻譯再予以回擊。

在陸星延他們都躺在床上抱著手機瘋狂打字的時候，睡在靠裡牆角，平日比較我行我素，也不怎麼和他們過從來往的電腦系大一男生康銘忽然說話了，「你們幼不幼稚，不就是個投票，駭進後臺改改資料的事而已。」

幾人不約而同安靜。

鄒易嘉：「小老弟，你會？」

康銘：「多大點事，看不起誰？」

陸星延早就沒什麼理智了，從床上坐起來，鄭重其事道：「兄弟，先謝了。」

緊接著，寢室四人都默契地翻身下床，圍到康銘桌前看他玩電腦。

不到兩秒，陸星延收到了沈星若傳來的訊息，『睡了？』

他沒回，打算營造出已經睡了的假像。

可很快沈星若又扔了張手機計步的截圖過來，『你的步數剛剛增加了三十二。』

潛臺詞就是——再給我裝睡不回訊息你一定會死得很難看。

陸星延連忙回了句，『寶寶，我已經睡了，剛好起來上洗手間，現在已經回到床上了。』

沈星若也不知道有沒有信，只不過沒再多問什麼。

陸星延也沒再回，他滿腦子都是「這年頭什麼野雞都敢黵壓我女朋友我要教教你們做人了」、「我女朋友比賽、投票、考試從來就沒輸過還想踩著她上位你們連窗戶都沒有！」

康銘平日悶葫蘆一個，也不怎麼顯山露水，沒想到玩起電腦來還真的有模有樣，一頓操作猛如虎，他忽地將電腦轉了轉，示意陸星延輸入票數，「只有十秒，快點。」

陸星延輸入了一千。

鄒易嘉提醒：「這也太少了！一千不等於沒改嗎？」

陸星延想了一下這麼多院系年級的人數，順手加了個零，想著一萬肯定穩贏了。

可大半夜的他手抖眼花，一下子不注意就加了兩個零上去，想要刪的時候，時間已經到了——沈星若的票數瞬間一騎絕塵飆升到了十萬多！

鄒易嘉驚呆了，「延……延哥，你把我們學校底下太平間和墳場的人都算上也沒十萬吧。」

陸星延：「……」

其實康銘也只是偶然發現了學校APP的一個小漏洞，本來是想鑽進去改個不太誇張的資料，退出來神不知鬼不覺，也沒人會查。

這下好了，一下子多了十萬票。

而且這個Bug只能進去一次，第二次就不行了，他們也沒辦法再進去改。

——改票一時爽，處分火葬場。

第二天，陸星延他們寢室光榮又迅速地成為了學校的一大熱門景點，全寢室都被老師叫過去訓話，還集體給予警告處分。

一時間，學校裡只要是個人就在討論這事。

男生們討論的點多在於：鑽進學校APP改資料，這是挑戰他們學校資工系的權威啊！按理來說是個人才，可這個寢室的人怕是腦子有點不好，動作搞得這麼離譜。當然，也有人說他們是故意搞得這麼離譜的，目的就是向學校炫耀。

女生們關注點則不同，添點油加點醋，把這事傳成了「為愛揹處分」。

大家面上拿來當稀奇事說，心裡其實都羨慕得很。

此事後來還在P大流傳多年，甚至後來還有女生和男朋友吵架時爆出金句，「你連處分都不願意揹還說什麼愛我！」

——當然，這些都是後話了。

當時出了這事，除了一開始有些愣怔之外，沈星若倒是接受得很快。

畢竟她對陸星延幹蠢事的心理承受能力已經很高了。

再加上陸星延買通她的室友對她洗腦，她竟然也離奇接受了陸星延是因為太愛她見不得她受委屈這種說法。

陸星延來找她時，她還挺和顏悅色，重話都沒說，還心情很好地主動親了親他，買了票和他一起去看電影。

陸星延一瞬間飄飄欲仙，心想：這處分揹得值了。

雖然作弊票數清了零，但陸星延及他室友這一波騷操作也讓很多其他學院的學生注意到了沈星若的美貌，最後沈星若還是以高票成功當選招生海報的拍攝模特兒。

拍攝時剛開學不久，天氣乍暖還寒，本來還要換制服和短裙，但攝影師見沈星若自己穿來的米色落肩高領毛衣很好看，就提議先穿這個拍兩張。

沈星若長髮披肩，熟練地架起小提琴，白皙纖瘦的手執起琴弓，陽光透過樹枝間在她身上落下斑駁光影，柔軟的毛衣和難得溫柔的眼神也中和了她身上的清冷氣質。

陸星延遠遠看著，忽然想起那年校慶，她站在學校禮堂的舞臺上，演奏《卡農》的樣子。

這組照片最後被當成背景，用於當年的P大招生海報。

六月進入招生宣傳期，沈星若這張海報夾雜在一堆花俏的舉牌照中，顯得格外高級格外亮眼。

陸星延和他的室友們也算是用自己的方式，確認了沈星若無需質疑的P大校花地位。

學校的確是給了警告處分，但陸星延不太在意，他的室友們也不在意。

用他室友的話來說就是：在樹立正確審美觀的道路上，總要一些人要為之拋頭顱灑熱血，他們就是這群拋頭顱灑熱血的，處分是小事，審美的勝利才是大事。

（2）

沈星若和陸星延都是大三才考過英文檢定的。

沈星若是因為前面幾次考試剛好撞上了另外的重要安排，不得不錯過，陸星延則是次次不落地報名，次次死跨不過及格門檻。

他本來都打算放棄了，反正過不過的也不影響什麼，可沈星若卻硬要拉著他一起考。

他交換到P大後，並沒有直接和沈星若搬到校外同居，主要是因為P大這邊的學業實在是太過繁重，每天學校外面兩頭跑，兩人都忙不過來，而且沈星若說，他初來乍到，總該認識些新朋友，他也覺得有道理。

兩人週一到週四都是各自住在學校宿舍，只有週末才會在公寓裡恩恩愛愛。

只不過到了準備考英檢的時候，沈星若週末也不和他恩恩愛愛了。

陸星延才剛滿二十，年紀輕輕血氣方剛的，某方面的探索欲和需求都非常強烈。

以前他沒開過葷，不知肉的滋味，尚且能忍一忍。

可開過葷之後，他平日整個週末都恨不得把沈星若綁在床上不讓人起身，突然間他的葷菜全被沒收了，只能天天茹素念經，他瞬間崩潰到不行。

但沈星若不管他怎麼說，說什麼都不鬆口，反而開口閉口就是對他洗腦考過檢定有多麼勢在必行。

為了讓陸星延快速衝刺考過檢定，沈星若還突發奇想，讓陸星延週末在家，用英文和她交流。

陸星延剛聽到沈星若這決定時，整個人都是傻愣的。

他的第一想法便是——這不是變相地不讓他說話嗎？

說起來，沈星若是不是已經厭倦他了？不應該啊，這七年之癢難不成直接提前了一半，都已經不想和他說話了？

喪氣地安靜了一整個上午之後，陸星延終於試探性地冒出了一句，「My girlfriend,I want have

a lunch.」

沈星若：「……」

「應該是 want to，而且 lunch 是不可數名詞，不要用 a，這你都不記得了？你怎麼考過中級檢定的。」

「……」

陸星延默了默，「You should speak English.」

沈星若：「……」

經歷完最初的不想開口，陸星延發現，沈星若真的只是想給他營造一個英語學習的氣氛，也就慢慢放寬了心。

與此同時，他那隨心所欲的小菜雞英語也發揮得愈加純熟、愈來愈不要臉了。

洗澡時他說：「My girlfriend,I want to take a blue blue shower with you.」

洗完澡躺在床上，他又說：「My girlfriend,I want to sleep with you.」

見沈星若不出聲，他還再接再厲道：「My girlfriend,I want to make love with you,three times.」

沈星若：「……」

「My girlfriend,let me touch touch your……milk house？」

陸星延側躺在床上，手還撐著太陽穴，說得一臉坦蕩。

沈星若想了好一陣子，直到陸星延的手悄無聲息地從睡裙邊緣探入，慢慢往上，一手握住……她才後知後覺地反應過來陸星延口中編造的「milk house」是什麼東西。

她拍開陸星延的手，差點沒氣到當場用枕頭把陸星延悶死。

番外三　登記結婚

大學畢業那年的六月，沈星若和陸星延滿二十二歲。

生日當天一早，陸星延就迫不及待把沈星若從被窩裡挖出來，去戶政事務所登記結婚。不是什麼特殊節假日，前來登記的新人也不多，不需要排很久的隊。

兩人填完表格，就被工作人員領著去拍照。

平日兩人沒少親密自拍，可站在背景布前，隔著一點點距離拍下那張掩不住笑意的結婚照時，兩人的心情都與往日大不相同。

——有點忐忑，有點緊張，更多的還是感動與開心。

工作人員笑瞇瞇誇他們，「你們真般配，郎才女貌的，外形配，名字配，還同一天出生，這是天作之合呀！」

陸星延被誇得飄飄欲仙，恨不得當場發紅包。沈星若則因為這話，想起當年她在社會科辦公室外，聽到王有福說的那一句般配和賞心悅目。

人生總有很多陰錯陽差，若非當初王有福強迫症發作，她和陸星延就不會成為隔壁桌，也不會有那麼多時間相處，可能就不會漸生情愫。

又或者，最後他們兜兜轉轉還是會走到一起，只這期間大概免不了許多彎路。

從戶政事務所出來，外面陽光依舊熱烈。

進去時他們還是一對年輕情侶，出來卻變成一對新婚夫妻了。

陸星延眼睛眨都不眨地盯著結婚證書與身分證背面，恨不得眼睛有即時拍照功能，將這一刻定格珍藏。

該怎麼形容那一刻的心情呢，他十七歲時喜歡上的女生，竟然真的成為了他的妻子，這種感覺真的特別奇妙。

沈星若也覺得很奇妙，就這麼一個薄博的結婚證書，拿在手裡明明輕飄飄的，卻讓她清晰感受到，有什麼東西不一樣了，她的人生好像從這一刻起，邁入了另一個嶄新的階段。

陸星延拉著她的手忽然緊了緊，她轉頭。

「老婆。」

沈星若稍愣。

陸星延乾脆拖過來，捧著她的臉親了親，將人攬入懷中，在她耳邊不停地喊「老婆」，一連喊了好多聲，他忽然把自己喊笑了。

沈星若也彎起了唇角。

這種時候，好像應該回喊一句「老公」才算應景，可是青天白日的，她實在有點難以啟齒。

陸星延卻等不及了，「快喊聲老公來聽聽。」

沈星若不出聲。

陸星延低頭，鼻尖抵著她的鼻尖，親昵地威脅，「喊不喊？」

「真的不喊？」

「沈星若，剛登記完妳就變心了？世界上怎麼會有妳這樣的女人。」

「說吧，妳是不是存心騙婚想讓我變離婚男或者是想謀奪我一半家產，連聲老公都不喊妳是不是不愛我了？」

「……老公。」

陸星延：「什麼，妳大聲點，我沒聽清楚。」

「老公。」沈星若順著他，提高了聲調。

陸星延：「妳別這麼生硬，搞得好像是我逼妳喊似的。」

沈星若：「陸星延，你不要得寸進尺！」

剛登記完，陸星延也不把她的警告當回事，捧著她的臉小雞啄米似的啄來啄去，「妳喊不喊、喊不喊？」

沈星若被糊了一臉口水，邊忍不住笑邊往後退。

可她後退時沒留心，小腿撞上了路邊的石頭路障，邊緣的不平整處有些銳利，撞得她腿肚子鈍鈍生疼，她下意識屈膝，單腿跳了兩下。

陸星延連忙彎腰查看。

見她小腿肚只是撞紅了一點，才放心不少，「讓妳亂動，痛不痛？」

「痛。」

陸星延看了她一眼，忽然轉過身，腦袋略偏，「來，老公揹妳。」

沈星若的腿完全沒到不能走路的地步，站著休息一下子就什麼事都沒了，可她還是順從地趴到了陸星延背上。

想了想，她喊了聲，「老公，辛苦了。」

陸星延嘴角都快翹到耳後根，把她往上掂了掂，又空出一隻手敬了個瀟灑的軍禮，「不辛苦、不辛苦，為老婆服務！」

回到家時還不到中午，裴月正和周姨一起忙著研究新菜色。

陸星延將裴月叫出廚房，又將結婚證書在她面前晃了一晃，「驚不驚喜？意不意外？開不開心？」

裴月半瞇起眼，往前湊近，仔細看了看。

然後整個人傻了。

過了好一陣子，她才勉強回過神，問：「陸……陸星延你什麼時候偷了戶口名簿？你和若若結婚……這是大喜事啊，你偷偷摸摸搞得這麼見不得人是怎麼回事？」

「媽，我們一家人的事怎麼能叫偷呢。」

裴月忍不住道：「不是，結婚你們怎麼能這麼隨便？再怎麼樣也該選個良辰吉日……」

陸星延打斷，「還要什麼良辰吉日，今天是我們生日，又是戀愛四週年的紀念日，以後就是結婚紀念日了，多有意義。」

裴月狐疑地看了眼陸星延，充分展示出「一位母親不憚以最大的惡意來揣測自己兒子」的優良傳統。

「全都弄在同一天，你是不是為了每年多省幾份禮物少記幾個日子？」

陸星延：？

這解題想法可真優秀。

裴月沉浸在巨大的不真實感之中，總覺得幸福來得有點太突然。

她拿著兩本結婚證書，坐到沙發上仔仔細細研究了五分鐘，才終於放下心來。

裴月進入角色進入得特別快，消化掉陸星延、沈星若已經登記結婚的事實之後，她喜氣洋洋地發了個動態昭告天下，在飯桌上又開始正經八百地討論婚禮。

說著說著她還坐不住，打電話把陸山叫回來，還要陸山通知沈光耀，最好能快點過來一趟，兩家人好好談一下婚禮的具體事宜。

不知道從什麼時候開始，沈光耀發現，沈星若和他已經不再像小時候那樣親近了。

沈星若不會再依賴他，也不會和他分享重要的決定，戀愛、結婚，他都是作為被通知者，最後一個才知道。

坐在飯店包廂商議婚禮事宜時，沈光耀被天花板上的吊燈晃了一下眼。

他看到沈星若皺著眉頭嫌棄陸星延夾的菜不好吃，通通夾回陸星延的碗裡，陸星延邊說她挑食，邊繼續夾其他菜給她。

沈光耀後知後覺發現，他與沈星若的疏離，其實不僅僅是因為沈星若長大了，更是因為沈星若當初並沒有原諒自己。

他想起十六歲時的沈星若，個性冷硬激烈，死也不肯接受以愛為名的背叛者；十七歲時的沈星若，低頭妥協，可心底設下的界線從未退後半寸；如今二十二歲的沈星若，大概是因為得到了更加獨一無二的愛，選擇了與過去的生活和解。

逢年過節回到匯澤，她都會帶很多禮物，還會叫方敏一聲方姨，也樂意和方景然交流讀書經驗，甚至能在飯桌上和他們說些家常，怎麼看都是一片家庭和諧景的象。

但他終於明白了，從他與方敏在一起的那一刻開始，他就已經失去了曾經最疼愛的小女兒。

有那麼幾秒，沈光耀從沈星若的身上看到了年輕時宋青照的影子，一樣的倔強、固執，一樣的從不回頭。

幸運的是，沈星若好像找到了一個比他更值得託付的人。

這頓飯說是商討婚禮，但除了把婚禮日期定在年底之外，其他的細節都是裴月一個人在發揮想像力。

「去國外辦挺好的呀，去個溫暖一點的海島，冬天穿婚紗也不冷。」

「你們再坐一下那個熱氣球，好浪漫。」

「不過去國外的話，現在就要開始準備起來了呀，邀請什麼人，到底去哪個國家，還要幫忙辦護照、辦簽證……這樣算時間是不是有點緊？而且還要訂婚紗、訂禮服……」

沈星若輕聲打斷，「裴姨，其實我們簡單辦一下就可以了。」

「怎麼可以簡單，女人要對自己好一點，婚禮一生只有一次呀。不行不行，妳放心，裴……」

裴月本來想說「裴姨一定會幫你們辦得漂漂亮亮」，可她忽然覺得有哪不對。

下一秒，她臉上堆出慈愛的笑，溫柔地看向沈星若，循循善誘道：「若若，妳怎麼還叫裴姨呢。」

沈星若反應過來，下意識看了陸星延一眼。

陸星延朝她比口型。

她耳朵紅了紅，矜持了幾秒，輕聲喊：「媽。」

「欸！這就對了！」

裴月一下子高興得和什麼似的，幸好今天出門穿金戴銀的，她隨手一擼就擼了個水頭特別好的鐲子往沈星若手上戴。

陸山也顧不得和沈光耀說話了，眼巴巴地看向沈星若。

沈星若很上道，又朝陸山喊了聲，「爸。」

陸山也瞬間滿面紅光，當場就和暴發戶一般掏出錢包，往沈星若面前豪爽地拍了一張卡，「瞧瞧若若，喊得多甜啊！來來來，爸給妳的，妳媽說得沒錯，女孩子要對自己好一點，拿去拿去，隨便花！」

陸星延自覺自己善解人意，見沈光耀落了單，朝沈光耀乖巧地喊了聲：「爸。」

沈光耀點點頭，面上掛著溫和的笑，也給陸星延一個手錶，但心裡還是有些說不清道不明的悵然若失。

回去的路上，陸星延和沈星若咬耳朵，「我怎麼覺得岳父不是很開心啊，我剛剛沒得罪他什麼吧？這錶是不是有什麼紀念意義，對他來說很重要？要不然妳幫我還給他？」

沈星若把玩著他的手心，想了想，說：「不用還，他可能是有點後悔。」

陸星延：「後悔什麼？」

沈星若不想多聊這個話題，隨口應付兩句，就將話題帶到了新房裝潢的事情上。

金盛是做房地產的，缺什麼也不會缺房子。

剛剛吃飯的時候他們說了房子的事情，兩人還是覺得落星湖這地方好。

但陸星延覺得和他爸媽住在一起也不行，太影響夫妻生活了，於是就挑了別墅區裡另外一棟兩層樓的小洋房，等辦了婚禮就搬出去住。

只不過陸山說這房子是毛坯屋，裝潢還要花一番力氣。

陸星延對裝潢沒有什麼有建設的意見，只提了一點，「我們臥室的床要大一點，不要和家裡一樣，太軟了有點使不上力。」

「……」

沈星若本想擰他一把，可忽然想到什麼，又不動聲色問道：「你覺得家裡的床太軟了？」

「對……」

不等陸星延對床發表一番高談闊論，沈星若又說：「那既然這樣，生日禮物就算了吧。」

她語氣淡淡，還頗為遺憾。

陸星延稍頓，「什麼生日禮物？」

「也沒什麼，就是我買了一套睡衣。」

陸星延一秒就想起了兩年前他硬拉著沈星若出門坐摩天輪，結果錯過睡衣 Play 的慘痛歷史。

他連忙改口，「不，一點都不軟，我覺得挺好的，硬有硬的滋味，軟也有軟的滋味，而且有床睡就不錯了還挑什麼三撿什麼四啊。我這人沒別的優點，就是適應性特別強，繼承了艱苦樸素腳踏實地的光榮傳統，不軟，真的不軟。」

番外四　海島婚禮

沈星若和陸星延二十二歲登記結婚，同年在馬爾地夫舉辦了一場豪華的海邊婚禮，人生步伐遠遠邁在了一眾朋友同學的最前面。

婚禮請了王有福當證婚人。

收到邀請的時候，王有福很高興，一口便答應了下來。

去之前，他還自己準備了一套比較高級的禮服，把平日不修的邊幅都修了一下。

不過這些準備都有點多餘，請他去當證婚人的待遇，用他的話來說就是，都快趕上接待國家元首了。

其實前幾年沈星若考到文組狀元，學校就發了一筆豐厚的獎金給王有福這個班導師，他當時拿著獎金，帶著家人報旅行團去了趟馬爾地夫，但這次參加婚禮和他之前跟團遊玩，彷彿去的不是同一個地方！

回來之後他沒少和同事們吹噓，也沒少和同學們嘮叨，還強行扯什麼知識改變命運，只要努力醜小鴨也能變白天鵝。

現在的學生一屆比一屆還不好唬弄，越聽王有福扯就越覺得不對勁。

沈學姐畢業多年，一直都是明禮赫赫有名的傳奇人物，哪裡是什麼醜小鴨了？陸學長家大業大一個高富帥，和醜小鴨更是沒一毛錢關係。

退一步說，即便是醜小鴨，醜小鴨本來就是天鵝，也不存在變不變的，又不是基因突變。

除了王有福，陸星延和沈星若交好的同學朋友也都收到了婚禮請柬。

請柬裡面還附有溫馨提示，大意是：若能撥冗前往，將來回包機接送，海景酒店伺候，負責全程產生的所有費用。

大四剛畢業，大家都忙得很，很多人收到請柬，一看還在國外辦，都打算轉帳個紅包就好了。

可注意到那行溫馨提示，大家又不約而同且真誠地為金錢折腰了。

其實以前當同學，大家也知道陸星延和沈星若家境很好，但那時候大家都是學生，兩人也沒有過得特別奢華，該穿校服穿校服，該吃泡麵吃泡麵，是以體會不到太過明顯的差距。

可畢業後這場婚禮，真的是讓人見足了世面。

婚禮賓客都是來回包機接送，每人都安排了豪華海景房，伴手禮則是奢侈品項鍊和袖扣。

新娘穿的婚紗、婚禮儀式前後的幾套禮服聽說也全都是大半年前便約了知名設計師訂作的，多面切割的星星鑽戒更是閃瞎人眼。

當然，最讓人羨慕的還是陸星延和沈星若的感情，都好幾年了，還甜到不行。

陸星延把沈星若看得和眼珠子似的，開口閉口就是我老婆怎麼樣，我老婆又怎麼樣。

這次婚禮，陸星延當年的「舊愛白月光」陳竹也來了，大家拿陳竹來揶揄他，說他現在還經常在陳竹的發文點讚，是不是舊情難忘。

陸星延端著紅酒和大家解釋，「點讚這個事情是真的有，你們知道我為什麼老是點讚她嗎？」

「我點讚主要是為了做個標記，我老婆什麼時候不開心了，我就給她看這姐們的搞笑發文，每次都能哄好。」

大家安靜三秒，然後集體爆笑出聲。

陸星延和他們聊了幾句，又敬了杯酒，就說要去找他老婆。

剛剛和前男友分手的陳竹反手發了新動態：『單身狗今天也在為別人的絕美愛情而流淚。

（委屈.jpg）』

許是兩人早早結婚感情卻依舊穩固讓人對婚姻心生期待，接下去的三、四年，不少老同學都相繼邁入了婚姻殿堂。

速度快的先上車再補票，速度稍慢的也是婚後一、兩年便有了喜訊。

只有最先結婚的陸星延和沈星若，平日恩愛照秀不誤，卻一直沒有好消息傳出。

何思越和阮雯也是當初一班走出的班對，兩人公布在一起的消息時大家都驚訝不已。

隨後兩人速度更是坐了火箭般，研二結婚、研三生子，現在寶寶都已經快滿一歲了。

何思越以前是個比較正經的人，社群上常常分享一些家國大事、新聞時事、法律案件。

但自從他家寶寶出生後，社群上就都是兒子的照片、兒子的動圖連發。

一般這麼洗版的都會惹人厭煩，但何思越他們家的寶寶漂亮可愛到有點過分，眼睛水靈靈，睫毛又長又密，兩團嬰兒肥圓鼓鼓的，萌到令人心顫。

平日沈星若精神緊繃的時候，都會忍不住打開社群，看看何思越的動態，用吸別人家孩子的方式放鬆一下大腦。

沈星若以前對小孩子是很避之唯恐不及的，但可能是隨著年歲增長心態有所變化，又可能是受身邊人潛移默化的影響，不知從什麼時候開始，她也有些期待二人世界裡有新生命到來。

前幾年她和陸星延還要繼續學業，不適合造人。

但陸星延回國進金盛一年多了，她這一年多也留在帝都忙，兩人一週起碼有兩、三晚會幹點不可告人的事，安全措施早就沒做了，就是……一直沒有。

星城那邊，裴月和陸山也對含飴弄孫抱有極高的期待和極大的熱忱。

沈星若和陸星延隔三差五就會收到兩人噓寒問暖的電話，拉裡拉雜地扯一大堆，無非是旁敲側擊，想知道兩人什麼時候才會把生孩子的事情提上日程。

——因陸星延的遮掩，裴月和陸山還一直以為兩人是不想生，根本沒想過是沒懷上。

助理彙報完工作進度，又說起人事方面的變動，「對了若姐，阿瑤來和我說，她想辭職。」

沈星若抬頭，「原因。」

助理：「她、她懷孕了，剛懷沒多久，好像不是很穩定，要回家好好休養。」

沈星若頓了頓，又低頭看資料，「知道了，開三個月的薪水給她，再找個人接替她的工作。」

「好的若姐。」

等助理離開，沈星若停下手中動作，出了一陣子神。

她手裡的灰色螢光筆剛好畫到Ａ４資料紙上的某一句話，顏色慢慢往裡浸入，直到浸到下面那張紙，她才將筆放下。

沈星若讀研究所的時候趕上了社群帳號的末班紅利期，本來她只是建個人帳號，對自己平日看的書籍電影做一些評論記錄。

沒想到她犀利不失幽默的語言風格吸引來大批讀者，再加上她博覽群書閱片無數，知識量相當驚人，文章內容總能推陳出新，研二的時候，她的帳號的點閱率就達到了篇篇十萬以上。

研究生畢業，她在帝都成立了自己的個人工作室，運營一年多，她的「little star」也算是現今的一線ＫＯＬ帳號了。

其實這一年多裡，沈星若還打磨好了自己斷斷續續寫了好幾年的電影劇本。

她已經想抽身去完成自己的另外的夢想了，可又怕忙起來，之後兩、三年都顧不上生小孩，所以現在陷在了不知道該不該前進的泥淖裡，不敢輕舉妄動，

從辦公室出來，工作室的幾個小姑娘正在吃零食聊天。

「……當然要保住呀，阿瑤雖然還年輕，但懷孕這種事很難講的，沒保住可能好幾年都懷不上了。」

「哪有，我表姐之前不知道自己懷孕，隨便吃零食、吃感冒藥，流掉了一個，沒過幾個月又

懷上了。」

「那是妳表姐運氣好嘛，我之前跟妳們講過的那個閨密啊，老公家裡特別有錢，可她老公精子品質不好，只能做試管。」

「試管貴也就算了，關鍵是特別痛苦，做那個很傷身體的。她做了兩次了，都沒成功，現在三不五時就和我哭訴，說什麼這次如果還不成功，婆婆又逼著懷的話，她就要和她老公離婚！」

幾個小姑娘一臉唏噓。

沈星若在門口站了一陣子，又退回辦公室，手撐著腦袋，也不知道在想什麼。

沒過多久，陸星延傳訊息過來了——

『寶寶，今天幾點忙完，晚上要不要去看電影，我有空，過去接妳。』

沈星若摩挲著手機螢幕，好半晌，回了個「好」字。

陸星延現在管理金盛在帝都的一個子公司，這子公司規模和金盛自然是無法相提並論，但手下也有好幾百名員工。

而且公司不大，也意味著大多數事情他不只要做決策，還要參與其中親力親為。

被工作磋磨了一年多，他偶爾也有點穩重模樣了。

傍晚的時候陸星延開車來接沈星若，然後一起去吃某家新開的酸菜魚店。

新店開張，生意特別好，兩人在外面排了一陣子隊，排隊的時候順便點好了菜。

進到店內，沈星若脫下風衣外套，見桌上即時上來的一大盆酸菜魚，隨口說了句，「怎麼不是巴沙魚？這個有皮還有刺呢。」

陸星延舀了一碗，邊覷她邊說：「妳急什麼，哪次不是我幫妳挑乾淨了。」

「我不是怕累到你嗎。」沈星若一臉坦然，拿過飲料，插入吸管。

陸星延不正經地笑了下，「我不累，晚上還是妳比較累。」

沈星若：「……」

她若無其事換了個話題，「對了，前幾天你說的那塊地怎麼樣了？」

「當然是拿下了，只是比預期價格高一點。」

見沈星若又要說話，陸星延連忙將剔好的魚肉連著熱湯一起推到她面前，堵住她的話頭，「行了快吃，妳和我吃飯能不能別想著訓話，也別和我聊工作，我現在聽到地啊房啊這些，真的，我一聽太陽穴就突突起跳。」

「真的說起來，還都是妳禍害我的，要不是妳當初逼著我讀書讓我發揮隱藏的優秀一面，我爸根本就不會給我弄這麼多事，我的日子能有多舒坦，有錢有閒富二代，沒事和狐朋狗友泡泡酒吧、飆飆車，再包個小三、小四、小五輪流寵倖什麼的。」

沈星若眼都沒抬，「陸大少爺好精力，其實你現在想包，我也不攔你。」

陸星延：「哪能啊，我覺得啊，我特別像古代那種特別淒慘的皇帝，朝政大權都被妳這個皇后把持了，我兢兢業業管理賺錢也是個沒實權的，一個沒幹好說不定哪天還會被妳轟下臺，哪還敢造次。」

沈星若遞給他一個「算你識相」的眼神，又將烤魷魚往他面前推了推。

晚上兩人看的是一部新上映的好萊塢大片，上座率很高，影廳裡還有不少小孩子。

好像總有些家長在約束自家小孩這方面毫無意識，打著「小孩子不懂事」的幌子放任他們在公眾場合大哭大鬧大吵大叫，絲毫不顧及他人感受。

影片還沒開始播，沈星若就被身後的小男孩踹了好幾腳，踹完，那小男孩還去扯她頭髮，沈星若回頭，發現他的家長就坐在一旁有說有笑，完全無動於衷。

不等沈星若發作，陸星延先朝那小孩揚了揚下巴，「小朋友，你怎麼這麼沒教養，你爸媽沒教過你在電影院不要吵鬧不要影響別人嗎？」

小男孩的父母終於有了反應，但也只是輕描淡寫喊了一句讓他別動，連阻止的動作都沒有。

大概是知道父母不在意，小朋友愈發大膽，安分了不到一分鐘，就將手伸到了前面，明目張膽搶沈星若的爆米花，然後還用沾了糖漿的手去抓沈星若的頭髮。

這下子陸星延可不講客氣了，直接起身拎起身後小孩子的衣領，眉宇間積聚不耐。

小孩被他嚇到了，「哇」一下哭出了聲。

他爸媽愣了一下，反應過來後連忙大聲嚷嚷，「你幹什麼啊，快放開我們家浩浩！」

陸星延看都沒看他家長，挑著眉威脅小男孩，「小兔崽子，你叫浩浩是吧，叔叔告訴你，你要是再給我哭一下、鬧一下、碰我老婆一下，叔叔我就揍得你三天下不了床。」

小朋友被嚇傻了，抽抽噎噎的，但還是一秒收起哭聲。

威脅奏效，陸星延將人放下，又瞥了他身邊的父母一眼。

小孩媽媽臉色鐵青，還嚷著說，「小孩子不懂事，不就是碰一下嗎，又沒怎麼樣！你嚇到我孩子你負不負得起責任！」

陸星延不以為意，反諷道：「哦，小孩子不懂事你們也不懂事？公共場合不要大聲喧嘩這句話沒聽過？照你們這說法，我也不過拎他一下，也沒怎麼樣。還嚇到他負不負得起責任，他是未來要改君主立憲制還是想復辟當皇帝？嬌貴得碰一下都要嚇暈了，陶瓷娃娃啊。」

小孩他媽指著陸星延，手有些抖，「怎麼有你這種人，電影院本來就是這樣，又不是只要我家浩浩在說話，你老婆受不了怎麼不去包場！」

陸星延：「我包不包場關妳屁事，妳家就算是住南極也管不到企鵝吃不吃魚啊，鹹吃蘿蔔淡操心的。」

「還有啊，你們這些為人父母要是不會教小孩就別帶出來丟人現眼，我還算脾氣好，遇上幾個脾氣暴躁的人還不知道要讓你家嬌貴的陶瓷娃娃遭受什麼風吹雨打。」

「你！」

陸星延閒閒道：「大姐，這電影票要是不想浪費妳就按住妳家小孩好好看，不然妳也別廢話，直接報警，我順便再揍他一頓坐實了揍人這罪名。」

小孩媽媽氣得嘴皮子都開始哆嗦了，可什麼話也說不出，只能眼睜睜看著陸星延大爺似的扶著座椅坐下。

他坐下的那一瞬間，四面八方都投來欽佩和欣賞的目光，英雄啊！勇士啊！這一頓簡單粗暴的反嗆瞬間把整個影廳都嗆到安靜了！

沈星若也不動聲色地拉住他的手，然後在他手心一筆一劃地寫下四個字：幹得漂亮。

陸星延唇角上揚，目光盯著螢幕，手指卻不緊不慢地在沈星若手心回寫了四個字：多謝誇獎。

電影結束，沈星若和陸星延手拉著手往外走。

陸星延邊護著沈星若不受人流推搡邊頗為得意地傳授心得經驗，「這些人沒臉沒皮，不怕講理的，就怕我這種心狠手辣的，什麼懂事不懂事，打一頓就老實了，妳看剛剛那家人是不是連半個屁都不敢放了。」

沈星若晃著他的手，沒說話，但心裡莫名愉悅。

從小到大她都不是能吃虧的性格，做人做事也不會太迂迴，受了委屈，不能咽就自己出氣。

但和陸星延在一起的時候，陸星延總會擋在她前面，為她找回場子。

不得不承認，被人保護的感覺也還不錯。

可愉悅不到一分鐘，陸星延就開始提不開的壺了——

「不過話說回來，我們以後的小孩可要好好教，不說多優秀，那起碼不能沒教養吧。教成那個樣子，他們父母竟然還挺心安理得，我真想不通。」

沈星若稍稍一頓，心裡有些堵滯。

上車，陸星延幫她繫安全帶，她忽然說：「我覺得，我們是不是應該換個醫院再檢查一下？」

陸星延抬頭，「檢查什麼？」

頓了幾秒，他反應過來，「有什麼好檢查的，之前醫生不是都說我們的身體沒問題嗎，懷不懷孕關鍵還是看緣分，才二十五，不急。」

沈星若沒說話。

陸星延說的她都懂，但她從小就習慣勝券在握的感覺，忽然碰上一件只能聽天由命看緣分的事，感覺特別不自在。

陸星延手搭在方向盤上，轉頭看她，忽而擺出一副發現了什麼稀奇事的表情。

他湊近，親昵地揉了揉她的腦袋，又說：「沈皇后，妳該不會是在擔心中宮無子會被廢后吧，那妳豈不是還一定要生個兒子？欸我以前怎麼沒發現，大清都亡了幾百年了妳怎麼還這麼封建？」

「我在和你說正事。」沈星若拍開他的手。

陸星延聲音散漫，「我也在和妳說正事。」

「說真的沈星若，孩子生不生我都無所謂，沒緣分就算了，爸媽那邊我也能說通，主要是妳別給自己那麼大壓力，妳要是真的喜歡小孩子，到時候我們還可以領養一個，妳這年紀輕輕的小姑娘，能不能活潑一點？」

沈星若：「……」

車緩緩向前行駛，轉彎進入主幹道，陸星延加速，又說起不正經的，「不過提高受孕率在床上還是有挺多辦法的。」

「等一下回去我們試一下那個，把枕頭墊妳的腰下面，還有，妳不要太快起身，把腿九十度按在牆上按一陣子，過半個小時再洗澡，最好是明早再洗，讓東西多留一下。」

沈星若：「……你別說話了。」

「不行，我不是要傳授經驗給妳嗎？」

陸星延見沈星若已經害羞得轉頭去看窗外，耳根連著脖頸都在泛紅，更想逗她，一口氣說了好幾種方法。

他說得頭頭是道理直氣壯，扯著專家的旗號大言不慚，說什麼只要多試試，不拋棄不放棄，一定有用。

這之後大半個月，沈星若都被陸星延按在床上嘗試各種奇怪的方法。

能不能提高受孕率她不知道，但她知道，自己被壓榨得快要變成孔雀乾了。

日子不急不徐地過了兩月，陸星延公司剛好做完一個案子，江表哥見他和沈星若都有空，便邀請他們去杜拜參加自家公司的年會，順便度個假。

沈星若聽陸星延說過，他表哥、表嫂是在杜拜旅行時結緣的，回國後偶然在工作場合再次相遇，之後戀愛結婚，多年恩愛，兩人每年結婚紀念日還會抽空去杜拜跳一次傘。

當時沈星若聽了，覺得跳傘這紀念方式挺特別，印象很深刻。

去杜拜之前，陸星延問了沈星若好幾次敢不敢跳傘。

沈星若心想，他那個看起來比較柔弱的表嫂都能每年去跳一次，應該不是很恐怖，於是答應得很痛快。

到杜拜的第二天，兩人起了個大早，趕往跳傘中心。

準備流程走得很快，可上飛機後，沈星若也不知道為什麼，身體忽然變得很不舒服。

高空中風聲獵獵，教練還在大聲和她重複動作要領，她皺著眉，不適感越來越強烈。

等到攝影師端著攝影機對準她，讓她在跳傘之前錄一段話，她也不知道為什麼，突然喊了停。

半小時後，陸星延開著車一路疾駛，將沈星若送至最近的醫院。

檢查結果，懷孕五週。

再三確認是懷孕五週後，陸星延和沈星若都愣住了。

回到酒店，陸星延趴在沈星若肚子上聽了半天，然後坐起來問：「五週，妳生理期沒來妳自己不知道嗎？」

沈星若：「我經期不調是常態，你難道不知道嗎？」

陸星延：「……」

也是。

兩人相顧無言大眼瞪小眼地坐了半分鐘，陸星延又忍不住去摸沈星若的肚子。

沈星若也低頭看，總感覺很奇妙，明明她現在完全沒有感覺，但她的肚子裡，已經在孕育一個新的生命了。

現在兩人的心情都很複雜，驚喜中又帶些劫後餘生的慶幸。

剛剛醫生說，若不是沈星若及時叫停，就那麼跳下去，孩子八成會被跳上西天。

沈星若現在也很難回想起自己在飛機上是為什麼那麼堅定地喊停，這個決定不過是一瞬間的搖擺，也許她那一秒選擇的是退縮，下一秒便會忍著不適跳下去。

說不清緣由，大概是寶寶不忍心讓他們傷心吧。

沈星若懷孕是大事。

回國之後，裴月、陸山第一時間殺到了帝都。

裴月進門第一句：「哎喲我的乖孫喲！」

沈星若：「……」

陸星延：「……媽，妳能不能不要這麼浮誇。」

裴月摘下大墨鏡，放下鉑金包，三兩下迅速換鞋推開陸星延，一陣風似的捲到了沈星若面前。

「快坐下、快坐下，妳這孩子起什麼身！」

裴月扶著沈星若坐到沙發上，一臉奶奶笑地瞅了她的肚子一眼，緊接著目光上移，又皺眉道：「若若，陸星延虐待妳啦？還是孕吐？怎麼瘦了一大圈！妳看看妳這下巴！」

「這幾天是開始孕吐了。」

「我沒事，爸、媽，你們坐，我去泡茶。」

她還沒起身又被裴月按下，「泡什麼茶！茶是用來招待客人的，我和你爸還泡什麼泡！」

裴月、陸山這次過來，主要就是怕他們兩個年輕人不懂事，想幫他們安排醫院的定期產檢之類事宜，再順便去看看陸星延他爺爺。

提起要看爺爺，陸星延和沈星若便說要一起去看，裴月想也沒想就拒絕了，「你們最近別去，等你們幫寶寶取完名字再去。」

陸星延下意識問：「為什麼？」

裴月：「你難道不知道他之前幫你表哥的小孩取名叫江保國和江愛華的事嗎？人家沒用他取的名字，還生好大的氣呢，你們的小孩打算叫這種名字？」

陸星延和沈星若安靜如雞。

晚上睡覺，沈星若躺在陸星延腿上，望著天花板放空。

好半天，她忽然問：「你說我們的寶寶要叫什麼名字？」

「妳是星南省文組狀元，P大文學院的資優生，名字都取不出來？」

陸星延看著手機，隨口應了一聲。

沈星若伸手去揉他的臉。

陸星延捉住她的手，「別鬧，我在幫妳看食譜。」

沈星若盯著他看了幾秒，又問：「大名我沒想好，小名就叫小乖怎麼樣？」

陸星延放下手機，細細想了想，「我們的寶寶在肚子裡確實還挺乖的，不吵不鬧，多安靜多省心，是吧。」

沈星若：「……胎動要到十八週，現在想吵想鬧也不到時候，你這個做爸爸的有沒有常識？」

陸星延：「……」

他啞言片刻，又稍稍坐直了點，一副要跟她認真瞎掰的模樣，「我這個做爸爸的沒常識？我沒常識妳怎麼靠我傳授的祕笈成功懷孕的？而且還不是我勤耕不輟奮力播種，才能五穀豐登收穫愛情的果實？」

番外五　陸小乖

沈星若幫肚子裡男女未知的寶寶取小名叫小乖，主要也是盼望小寶寶以後可以乖乖巧巧。

可陸小乖小朋友也許是不喜歡這個名字，在肚子裡就要辜負母親大人的期望了。

自從檢查出懷孕後，沈星若便開始孕吐，而且孕吐症狀愈來愈烈。

某日陸星延與人在外應酬，席間上了道生魚片，他碰都沒碰一下，回公司之後還怕身上沾染酒氣，特地換了套衣服。

可晚上回家，沈星若一見他便捂著唇往洗手間跑，大吐特吐。

陸星延不知道她怎麼了，還緊張兮兮鞋都沒換就跟著進了洗手間。

他一靠近，沈星若吐得更厲害了。

「陸星延，你是不是想謀殺我？」

吐到沒東西可吐，沈星若用毛巾掩著口鼻，面色蒼白地看著鏡子裡的陸星延，聲音虛弱。

陸星延滿腦袋問號，「我又怎麼了？」

沈星若：「你身上魚腥味這麼重，離我遠一點。」

陸星延下意識拎起自己的衣服左聞聞右聞聞。

只不過不等他出言辯解，沈星若就如避蛇蠍般捂住口鼻繞過他走出洗手間。

回到臥室，她站在門口，聲音悶悶地警告：「你今晚不要進房間。」

陸星延：「……」

他愣了幾秒，又走到房門口敲門，「不是，我不進房間要睡哪裡？」

貼在門上仔細聽了聽，裡頭毫無動靜，他又開始醞釀賣慘情緒。

「那這樣，妳隨便扔套睡衣出來給我，我在外面洗個澡再進去好不好，妳最近不是老是不舒服嗎？我不陪著妳睡怎麼能放心呢？」

一秒、兩秒、三秒。

「啪嗒」一下，門開了條縫，沈星若遞出一套睡衣，聲音還是悶悶的，「洗乾淨一點。」

——賣慘還真的有用。

沈星若孕吐反應強烈，味道太重的東西通通不能近身，味道太淡的又很消磨食欲，是以整個人肉眼可見地迅速消瘦。

陸星延看在眼裡，一邊心疼，一邊急到不行。

他每天都在網路上看文章，還時不時往其他部門躥，向那些生過孩子的女員工討教經驗，變著方法讓請來做飯的阿姨做好吃的給沈星若。

可惜，收效甚微。

某晚淩晨一點，兩人依偎在被窩裡說悄悄話，沈星若忽然有了胃口，說想吃某家老字號的小餛飩。

那家店不外送，沈星若原本是想讓陸星延帶她過去。

可陸星延二話不說就從被窩裡爬了起來，又幫她掖了掖被角，「我去買回來，妳別去，外面冷。」

天公不作美，陸星延出門沒多久，外面忽然下起暴雨，夾雜著電閃雷鳴。

沈星若等了一陣子，見他一直沒回來，打了個電話給他。

下一秒，她後知後覺發現，他的手機就在枕頭底下震動。

沈星若睡不著了，起身走到陽臺，一直看著窗外。

暴雨天車不好開，陸星延這一去就去了兩個多小時。

他剛開門進屋，沈星若就穿著睡衣光著腳從房間裡跑了出來。

陸星延見到她，連忙舉起手中的保溫桶，「買回來了，怎麼樣，餓壞了吧，等著，我幫妳弄。」

他邊換鞋邊碎碎念，「剛剛的雨妳不知道有多大，我看到雨就知道不對，然後我就在他家買了個保溫桶，讓老闆幫我弄了碗底湯，餛飩買了生的，等一下煮熟了放到湯裡就可以……」

話音未落，沈星若忽然往前，緊緊地抱住了他。

這個擁抱持續了很久。

窗外雨聲淅瀝，屋內暖光融融，底湯的香味順著燈光氤氳纏繞。

有陸星延精心照顧，沈星若被孕吐折磨的這一個多月也不算過得特別艱難。

懷孕十五週後，她的孕吐頻率漸緩，胃口慢慢回來了，身上也長了點肉。

只不過孕吐緩解不久，陸小乖同志又接過作亂的接力棒，開始在媽媽的肚子裡大鬧天宮。

剛開始胎動，沈星若覺得很奇妙，陸星延更是時常守著她的肚子圍觀，晚上睡覺之前，他還總要煞有其事地放音樂，美名其曰陶冶小乖小朋友的情操。

但胎動的日漸頻繁對沈星若來說無異於另一種折磨。

懷孕進入中期，沈星若每晚都睡不好，側臥久了，半邊身體都是麻木的，經常睜眼到天亮，精神狀態下降得厲害。

沈星若一開始還會將火氣轉移到陸星延身上，後來連發火都沒力氣了，每天倦倦的，一副對什麼事情都不感興趣的樣子。

陸星延特別怕沈星若得憂鬱症什麼的，經常想方設法地逗她，還預約了一個懷孕陣痛體驗。

他的本意是想向沈星若證明一下自己會一直陪著她守著她，可沈星若和他一起去體驗館的時候，看他痛成傻子的模樣，身體折磨之外，心理上又多出一重對臨產的擔憂。

自出生起，沈星若第一次遭受這麼漫長的煎熬。而這煎熬，她足足受了十個月，直至臨產也不順利。

開指開得差不多、被推進產房的前一刻，沈星若疼得渾身都在打顫，汗水將她額前的髮絲浸潤成一綹一綹的，她面色蒼白，死死抓住陸星延的手，一個字一個字地往外蹦，「陸星延，你以後如果敢對我不好，你就死定了。」

陸星延紅著眼，不住點頭。

裴月也跟在一旁，連忙應聲，「不會的不會的，若若妳放心，陸星延以後敢對妳不好，媽第一個把他趕出家門！妳別怕啊，別怕！」

很快，沈星若被推進產房，之後便是半個小時毫無動靜。

陸星延一直守在門口，來來回回地徘徊。

他想找醫生帶他進去，可沈星若之前就警告過，不准他進產房，不想讓他看到自己狼狽的樣子。

半小時過去了，又是半小時過去了。

裴月和護士都勸陸星延去休息一下子，可陸星延不為所動。

他還能回憶起做陣痛體驗時的感覺，一想到沈星若正在承受這種痛苦，他就恨不得代她受過。

兩小時後。

陸星延坐在產房附近的吸菸室，打火機剛打開，還沒來及點菸，就聽外面有護士在報：「沈星若的寶寶，男孩，出生時間晚上十點零五分，體重三千一百克。」

陸星延頓了幾秒，跑出去時，裴月早已上前，接過護士手中的小寶寶，一口一個——「哎喲！我的乖孫喲！」

沈星若坐著輪椅，被人從產房推了出來。

她的面色還是蒼白的，渾身都是汗。

陸星延趕忙迎上去，彎下腰抱住她，又小心翼翼地親了親，「寶寶，還痛不痛？感覺怎麼樣？」

沈星若埋在他懷裡，搖了搖頭，沒說話。

回病房的路上陸星延都緊張著沈星若，不停問護士她還要在醫院住多久，能不能吃東西、能不能洗澡，裴月雖然抱著小寶貝，但也是一直在對沈星若噓寒問暖。

護士小姐總覺得有哪裡怪怪的。

等將一家人送進病房，她才恍然大悟——這家人也真的是絕了，難道不打算關心一下新出生的小寶寶嗎？尤其是這爸爸，看都沒看一眼，難道這寶寶不是他的？

護士小姐離開的時候，已經控制不住開始想像可歌可泣淒美絕倫的綠帽故事了。

陸星延並不知道自己對沈星若的緊張關心被愛幻想的小姑娘曲解得面目全非，但他的確是顧此失彼，一時間忘記了要去關心他的孩子。

還是沈星若輕聲說「你把小乖抱過來，我看一下」，陸星延才終於想起剛剛出生的小乖同志。

他從裴月手裡接過繈褓，放置在沈星若的床邊，然後又稍稍往下拉了拉，滿懷期待地去看寶寶。

然後，沈星若和他臉上的笑容都逐漸凝固，緊接著消失了。

「怎麼這麼醜？」陸星延順便幫沈星若一起說出了心裡話。

裴月翻了個白眼，糾正道：「怎麼說話的，小孩都是這樣，長開了就好了，你看看這鼻子、嘴巴，多像你小時候！」

「長開才好，那不就是說明現在很醜嗎？」陸星延一臉無法接受的嫌棄，「而且現在臉這麼小就醜了，長開豈不是放大的醜？」

裴月氣得想上前擰他。

沈星若也是被剛出生的小乖寶寶醜到了，看了一眼就規規矩矩躺好，後知後覺地想，生孩子這事和她之前預想的好像完全不一樣。

雖然過程痛苦艱難，但沈星若還是順產的，在醫院待了三天便轉移回家。

裴月早早請好兩個月嫂，一個照顧小孩，一個照顧沈星若。

再加上她和周姨都留了下來，家裡一下變得熱鬧了起來。

熱鬧有熱鬧的好，但也生出了諸多不便。

比如裴月和周姨都是老派思想，說什麼坐月子不能洗澡，也千萬不能碰生水。

可沈星若最愛乾淨，讓她四十多天都不洗澡，還不如直接殺了她比較痛快。而且家裡最近時常會有人來看小寶寶，她是絕對不允許自己以蓬頭垢面的形象出現在任何人面前的。

陸星延夾在中間，覺得兩邊都很有道理，只好每天燒開水，稍稍放涼後，親自監督沈星若洗澡，確保她不會受涼。

剛出生的小寶寶一天變一個樣。

剛開始陸星延和沈星若都不知道哪裡出了差錯，覺得小乖寶寶實在是醜到讓人無法呼吸，兩人都默契地沒有在社群上發小乖的正面照，只上傳了一張三隻手擺在一起的照片。

可沈星若坐了四十多天的月子，小乖寶寶倒是出落得愈發有人樣了，鼻子是鼻子，嘴巴是嘴巴，眼睛水汪汪，皮膚也白嫩嫩的。

但沈星若還是不怎麼喜歡他，沒有其他原因，只因為這小不點實在是太能折磨人了。

喝奶不讓人省心，睡覺也不讓人省心，經常在三更半夜她剛睡著的時候忽然嚎哭，而且他還有和他爸一脈相承的少爺脾氣，說不睡自己的嬰兒床就是死活不睡，非要賴在跟他不熟的媽媽身邊四腳朝天的傻笑。

偏偏沈星若拿他半點辦法都沒有，她總不能和剛剛滿月的寶寶講道理，唯一能做的就是耐著性子跟月嫂們學著哄人。

本來一個多月沒出家門，沈星若就已經悶到快要窒息了，偏偏還沒睡過兩個好覺，她感覺自己有些神經衰弱。

某天晚上她被小乖吵醒後，整個人陷入了一種莫名的平靜與絕望，她靠在床頭，邊給小乖寶寶餵奶邊傳訊息給陸星延。

沈星若：『陸星延，我要被你兒子整死了。』

三分鐘後，沒有回應。

沈星若：『陸星延，你還在心安理得地睡覺嗎？』

沈星若：『我是不是上輩子欠了你的，嫁給你簡直就是我這一輩子悲慘生活的開始。』

她開始翻舊賬了。

坐月子期間，沈星若和陸星延是分房睡的。陸星延的手機晚上都是靜音狀態，一覺睡到大天亮，看到沈星若傳來的幾十、上百則訊息，他背上都嚇出了一層冷汗，

這可不得了，沈星若的舊賬都已經翻到高二他逃打掃不負責任了。

他衝進臥室，恰逢小乖寶寶清晨開嗓瘋狂嚎哭。

沈星若冷冷地瞥了他一眼。

他邊抓著頭髮，邊默默收起臉上的無辜，等小乖開完嗓，他裝模作樣地將人抱起來，惡狠狠地教訓道：「吵什麼吵？吵到媽媽睡覺了不知道嗎？我就沒見過你這麼能鬧的小孩子，你還叫什麼小乖，哪裡乖了？」

小乖崽天真無邪地盯著自己爸爸，不知道爸爸是在教訓自己，忽然往爸爸臉上撞了一下，糊他一臉口水。

陸星延愣了三秒，心裡忽然一喜：我的寶寶會親人了！

當然，他面上還是沒流露出半分喜色的，只湊到小乖寶耳邊悄悄說：「小乖再親媽媽一下好不好？你親媽媽一下，媽媽肯定就不生氣了。」

小乖寶也不知道有沒有聽懂，還是睜著那雙天真無邪的大眼睛。

陸星延抱著他坐到床邊，想試一試。

可他抱人這項業務本就不太熟練，親人的動作又有很高的難度，於是就直接是把陸小乖的臉往沈星若臉上撞了。

雖然陸星延的動作比較粗放，但小乖寶寶還挺上道，「啪嘰」一下，親到了媽媽嫩嫩的臉蛋，還一視同仁地糊了媽媽一臉口水。

沈星若愣了三秒，下意識回親了小乖寶寶一口。

不等她回神，陸星延又在她唇上親了一下，一臉深情地說：「若寶，辛苦妳了，都是我不好。」

沈星若莫名起了一身雞皮疙瘩，面無表情的臉上也出現了一絲崩裂的痕跡。

陸星延又想親她，她忙伸手擋了擋，「你沒刷牙能不能別說話，也別碰我。」

「……說得好像妳刷了牙一樣。」

兩人對視了三秒，又整齊劃一的移開目光，去看小乖。

塑膠夫妻情說崩就崩。

番外六　夏日多情

兩人都是被富養長大的，雖然不至於懶到衣來伸手飯來張口，但生活能力也算得上是十分低下了。

結婚之後，兩人在星城、帝都有自己的小家，小家裝潢風格與所處地段大不相同，可幾年過去，家裡的廚具大多都還 Blingbling 嶄新鋥亮，除了一時興起在廚房玩玩情趣，誰都不肯多踏足半步。

生了小乖之後，兩人從心態上更像是完成了一個歷史階段的任務，以及收穫了一隻萌萌的玩具寶寶，有空了就哄一哄，絲毫沒有為人父母該有的全身心投入無私奉獻的自覺。

陸星延最常做的便是「子口奪食」——這個挺好吃，那個也不錯，兒子你先讓讓，爹來嚐嚐。而且沈星若出了月子，他就計畫著將小乖寶趕出主臥室，不肯將沈星若讓出分毫。

裴月質問他時，他還特別理直氣壯大言不慚地說，這是從小培養小乖獨立自主的能力。

沈星若也沒比陸星延好到哪去，每次一聽小乖哭，就覺得太陽穴突突起跳，如果她耐著性子哄兩句小乖還不停，她乾脆就不哄了，冷冷地覷著小粉團子，冷漠得只差戴上耳塞。

小乖寶寶滿十個月後，陸星延和沈星若將他暫時送到了落星湖。

陸星延公司事務本就繁多，沈星若想拍的電影也遇上了合適的起步時機，兩人忙起來，實在沒多少時間帶孩子，成天放家裡讓阿姨帶兩人也不放心。

剛好裴月特別樂意含飴弄孫，送到落星湖，倒也算是兩全其美的解決辦法。

可這直接導致了小乖一歲多學會說話的時候，第一個開口喊的是「奶奶」，第二個開口喊的是「爺爺」，甚至他都能指著爺爺、奶奶家的小孔雀蹦出一個不標準的「雀」字了，也依舊沒有不負責任的爸媽什麼事。

小乖開口說話的當晚，沈星若躺在床上，完全沒心思配合陸星延的動手動腳，只是盯著裴月上傳在社群上的影片，一遍又一遍地重複播放。

陸星延一心想著春宵一刻值千金，還想再接再厲撩一撩，可沈星若心裡卻很鬱悶，他還趕著當出氣桶，她差點就把手機拍到他臉上了。

沈星若：「陸星延，你能不能關心關心你兒子？」

「我哪裡不關心了？」

陸星延摩挲著她的蝴蝶骨，語氣懶洋洋的，又有些曖昧，顯然還沒進入嚴肅話題的談論狀態。

沈星若乾脆坐起來，冷眉冷眼地低頭道：「你兒子會說話了，會喊爺爺、會喊奶奶，甚至連那隻孔雀他都會喊，就是不會喊爸爸、媽媽，你不覺得你有責任嗎？」

曖昧氣氛倏然全消。

陸星延躺在床上好半晌都沒回過神。

對上沈星若的視線，他頗為納悶地來了句，「那妳不是也有責任？」

「……」

沈星若生悶氣，下意識踹了他一腳，踹得他半邊身體直接懸空，差點掉下床。

一整晚，沈星若都沒再理陸星延，也沒睡好，心裡總想著影片裡小乖寶喊人時萌萌的樣子，一邊感覺心裡軟塌塌的，一邊又對自己在小乖那裡沒有姓名這件事耿耿於懷。

她淩晨三點才睡，早上七點多，又被陸星延搖醒了。

陸星延頂著一腦袋雞窩，湊到她耳邊，黏黏膩膩地邊親邊說：「若寶，我昨晚夢見兒子叫我爸爸了，快點起來，我們回星城看兒子。」

沈星若才睡了幾個小時，睏得要命，連心臟都跳得特別快。

如果陸星延是因為其他事情擾她清夢，現在大概已經成了床下一具安靜的屍體了。

可偏偏他說要回星城看小乖，沈星若再睏，也迷迷糊糊地點了點頭，然後任由他抱著自己去浴室洗澡。

沈星若和陸星延風塵僕僕趕回落星湖的時候，小乖正被他爺爺端在肩膀上騎馬馬。

他整個小身體都趴在爺爺肩上，咯咯笑著，露出幾顆小小的乳牙，嘴裡咿咿呀呀喊著「爺爺」，袖珍版小手指還不停去抓「大樹幼稚園」的木牌，總之——連個眼神都沒分給遠道而來的爸爸、媽媽。

沈星若回星城的路上，都撐著腦袋在反思自己對小乖的不夠上心，面對此刻小乖寶的冷漠，她雖然有些失落，但也清楚是自己這個做媽媽的做得不夠好。

而陸星延這個做爸爸的就非常沒有自知之明了，小乖不理他，他還興致勃勃上前，張開雙手，引誘道：「乖寶，有沒有想爸爸？來，爸爸抱。」

小乖看了陸星延一眼，那眼神懵懵懂懂沒什麼特殊意義，彷彿面前站著的是一位不請自來莫名熱情的陌生怪叔叔。

只看了那麼一眼，小乖又抱住陸山脖子，咿咿呀呀地指使爺爺帶自己去看小孔雀。

陸星延張開的手停留在半空中，半晌沒回過神，不敢相信自己竟然被無視得如此澈底。傻了幾秒，他又回頭，下意識想使用武力將人從陸山肩膀上擼下來。

小乖被他突如其來的動作嚇住了，小嘴一扁，嗚哇嗚哇地大哭起來。

這一哭可不得了，不僅陸山立馬對陸星延吹鬍子瞪眼，裴月也和踩了風火輪似的，一溜煙就從屋裡躥出來，抱住心愛的小孫孫，一邊安撫一邊將陸星延從頭髮絲數落到了腳趾甲，甚至沈星若都遭受到了牽連。

中午，一家人坐在一起吃飯，陸星延和沈星若眼巴巴看著裴月幫小乖餵食。

兩人都知道，小乖不是一個聽話的小朋友，吃東西也總是不安分，喜歡左左右右地作怪。可他隨便咿咿呀呀兩聲，裴月和陸山竟然能聽懂他在表達什麼，還能第一時間採取措施對他進行安撫。是以，一頓飯也還吃得較為和平。

沈星若一直在默默觀察自己的寶寶，等吃完飯，她虛心向裴月求教，才得知小乖吃飯時的很多「規矩」——比如外面那塊定制木牌上寫的「大樹幼稚園」，是小乖喜歡看的動畫片《熊出沒之熊熊樂園》裡，熊大和熊二就讀的幼稚園，他每天吃飯前，都要去摸一摸那塊小木牌；又比如他吃飯的時候忽然捂住眼睛搖頭，是因為他看見電視裡播到貓頭鷹老師了。他特別不喜歡貓頭鷹老師，每次出現，必須要按快轉；再比如他吃飯的時候冷不防會按一下自己的肚子，這種情況就必須配合他發出「嘀」一聲，代表開機。不開機他很有可能會不吃飯。

「……」

「……」

消化完這些稀奇古怪的「規矩」，陸星延和沈星若雙雙陷入沉默。

一方面覺得這個小魔星被他爺爺、奶奶寵得越來越無法無天了；一方面又隱隱有些愧疚，感覺自己這父母當得實在是很不稱職。

尤其是沈星若，那種失落和愧疚的感覺格外強烈。

明明剛出生的時候，小乖很黏她的，可現在小乖已經沒心沒肺地把她都忘得差不多了。

回去之後，沈星若和陸星延看了一個通宵的《熊熊樂園》，兩人掛著黑眼圈下定決心，再忙也必須把小乖接回來親自養。

對於兩人要接回小乖的決定，裴月和陸山是既不捨又欣慰。

隔輩之親往往容易無條件溺愛，裴月和陸山已經發覺自己對小乖過分寵愛了，完全是要星星不敢給月亮，可小孫孫那麼可愛，誰能忍心不對他千依百順呢。

接回去倒是可以避免這個問題。再說了，小孩子終究還是待在父母身邊更好。兩人願意把小乖接回去，也說明兩人終於有點責任心了。

沒有人天生會做父母，陸星延和沈星若新手上路，磕磕絆絆地，自然也走了不少彎路。

一開始不帶著小乖出門，他們買衣服和紙尿褲都能買錯尺寸。

但習慣生活中多出一個麻煩的小生命之後，日子好像也變得充實了很多。

慢慢地，兩人開始對各類卡通片裡的人物如數家珍了，時不時還能和人聊一聊育兒心得。

不知不覺，小乖滿三歲了。他也擁有了自己的大名，陸稔知。

陸稔知這個名字自然是全家文化水準最高的沈星若取的。

稔從禾，有莊稼成熟，熟悉習知之意。

取名稔知，即是希望他能識五穀，知人事，以後能成為一個踏實明理、沉穩可靠的人。

但陸稔知小朋友打娘胎裡就天生反骨。

取名小乖，一點也不乖。

取名稔知，也毫無踏實明理沉穩可靠的跡象，還沒進幼稚園就是社區裡的小霸王，進了幼稚園又成了幼稚園一霸。

這也無法怪他，他長開之後，完全繼承了父母的好皮相，五官精緻，再加上個子高皮膚白，甫一露面就俘獲了幼稚園班上大半小姑娘的芳心。

前有和他爹一脈相承的武力手段能籠絡一幫小弟，後有精緻皮相能籠絡一幫單純看臉的小姑娘，在幼稚園裡，陸稔知小朋友稱得上是橫行霸道暢通無阻了。

為此，陸星延和沈星若沒少被幼稚園老師請去辦公室喝茶。

某日，陸星延在公司開會，中途祕書進來，悄聲說又接到了小乖老師的電話，他二話不說先暫停了會議。

一聽要去學校，陸星延還在想：上次是自己去的，這次該輪到沈星若了，沒什麼壓力。

可老師卻著重強調道：『請二位一起過來。』

好了，兩個一起叫。看來陸小乖同志這次還犯了不小的錯。

陸星延有種不太妙的預感，打電話和沈星若打了聲招呼，又提早離開公司，順路去工作室接上沈星若，一起出發去幼稚園。

他們到幼稚園的時候，老師辦公室的門敞著。

陸小乖萌萌地坐在小板凳上，仰頭看著老師，頭頂豎起三根呆毛。

也不知道他施了什麼法，不管他有多調皮搗蛋，老師都沒辦法對他板起一張臉來，這時老師還彎腰，和他玩猜中指的遊戲。

師生倆玩得不亦樂乎，還是陸星延在門口咳了一聲，裡面兩人才回過神來。

陸小乖看到沈星若，眼睛亮了亮，頂著一頭小呆毛搖搖晃晃就朝她跑了過去，嘴裡還甜甜地喊著：「媽媽。」

沈星若半蹲下身，稍稍張開雙手，一把抱住撞進懷裡的小乖，親了親，又將人抱起來，遞到陸星延面前。

小乖向來十分上道，又甜甜地喊了聲「爸爸」，然後「啪嘰」——在陸星延臉上親了一下。

辦公室裡的周老師也已起身到門口迎接，滿面笑容道：「陸爸爸、陸媽媽，快進來。」

陸星延和沈星若默契對視一眼，禮貌地和周老師打了聲招呼，一前一後往裡走。

周老師比他們稍稍年長幾歲，但也還算年輕，對今天想說的事情實在是有些難為情，留下陸小乖感覺不對，不留下陸小乖氣氛好像也會變得很怪異。

幾經權衡後，她往辦公室裡挪了些玩具，讓陸小乖去沙發上自己玩。

看著在沙發上一人分飾超人和怪獸兩角十分投入的陸小乖，周老師輕咳一聲，從抽屜裡拿出一袋東西，說：「其實今天找二位過來也沒什麼別的事，就是這個……」

陸星延和沈星若看到兔耳朵袋子裡某個藍色的小方盒時，臉色都變得很怪異。

周老師尷尬到無法與兩人對視，提醒道：「昨天我安排的作業是，讓小朋友從家裡帶一件長方體、正方體、球體的東西過來，這個作業家長群組裡也有說的。」

陸星延和沈星若愣了兩秒，很快就明白了。

作業的事兩人都知道，可昨晚陸小乖同學就在家裡自信滿滿地拍著小胸脯，說不用他們幫忙，他已經想好要帶什麼了，兩人也就沒管……所以，他的長方體就帶了盒保險套？

陸星延掩唇咳了一聲。

沈星若則是別過臉，按了按太陽穴。

周老師溫言細語地斟酌道：「我想著，這件事你們應該也不知道，但你們最好是將這些東西放置在隱蔽一點的，小孩子碰不著的區域，小乖還以為這是口香糖呢，上課展示完，還想和小朋友們分享。」

「而且幼稚園這個階段，其實還是以家庭教育為主，平日安排的作業雖然簡單，但還是希望兩位可以抽出時間，和小乖一起完成，這樣也更有利於促進親子之間的交流。」

陸星延和沈星若都虛心受教，認真點頭，比自己念書的時候更拿老師的話當聖旨。

兩人雖然覺得這事挺尷尬的，但也欣慰不是陸小乖小朋友闖了什麼彌天大禍。

當然，兩人的欣慰是建立在他們並不知道「陸小乖打開了小雨傘盒子並且盒子裡的套套用得只剩一個」這件事已經在幼稚園老師和其他家長間廣泛流傳的前提下。

毫無所覺的兩個人還真的每天輪流分工陪陸小乖做作業，幼稚園的活動也積極參加，瘋狂在其他知情者面前露臉，連續三年的幼稚園期末評分，他們都拿到了「三好家庭」的小獎狀。

陸小乖小朋友快滿六歲的時候，陸星延的工作重心轉移至星城的金盛總部。

同年，陸星延和陸山父子聯手，扳倒了多年的死對頭上居地產。

其實生意場上，有幾個競爭對手再正常不過。

從前金盛和上居亦敵亦友，競爭不少，偶爾遇到維護共同利益的事情也會合作。

可自從上居董事會大換血，和金盛競爭時特別下作地牽扯到陸星延，鬧出當時轟動的升學考暗箱操作事件之後，陸山便與他們水火不容了。

商場上看不見硝煙的戰爭一打數年，直至如今終於落幕。

陸山這些年著力培養陸星延，如今也在他身上看到了獨當一面的能力，便放心將手中大半重要事務都轉交到了陸星延的手上。

這一年，沈星若自編自導的電影《夏日多情》也終於製作完成了。

《夏日多情》是一部文藝片，講述了一位鋼琴少女一生追求浪漫，現實卻平淡終老的故事，整部片子夢境現實交織，結尾又留有餘韻，很能引人深思。

更難得的是，它的基調是輕鬆明快的，色彩運用也偏清新夢幻，而非文藝片一貫的沉重憂鬱。

它的故事核心和拍攝手法註定了它在實現商業轉換的過程中很難順利，但這部各方面都還稍顯青澀的影片卻很神奇地得了不少知名電影人的青眼，一舉拿下多項新人大獎，還無意間捧出了一位日後紅透半邊天的清純系女主角，沈星若本人也拿了一個金百合獎的最佳新人導演。

陸星延的工作重心轉移到了星城，沈星若拍電影的夢想也已實現。

兩人商量，最後還是決定帶著馬上要念小學一年級的陸小乖回到星城生活。

五月底，星城的夏日氣息已然濃烈，林蔭道間光影斑駁，樹上蟬鳴不絕於耳。

沈星若和陸星延抽了一天空餘，帶上陸小乖小朋友去逛母校明禮。

明禮乍一看上去還是以前的老樣子，仔細觀察，卻會發現也已添了不少改變。

教學大樓外多了很多冷氣室外機，當初夏日炎熱時學生的抱怨想來如今不會再有了；圖書館經由他們同級的某位建築師校友重新設計翻修，成了星城十大特色建築之一；東門那的古玩街拆遷搬走，明禮拿下一小塊地，往東擴建了一棟實驗大樓。

這棟實驗大樓是陸星延以他和沈星若的名義捐的，取名星冉樓，寓意明日之星自此冉冉升起。校園內無處不有曾經的明禮人留下的痕跡，倒也應了當初明禮每週早會都要喊的那句口號——今日我以明禮為榮，明日明禮以我為傲。

剛進學校，沈星若打電話給王有福。

王有福現在已經升職成了明禮的副校長，每日都穿著整齊的襯衫和西裝，偶爾還會梳個油頭，很有長官風範，但他慢吞吞的語速和手捧保溫杯的習慣多年不改。

打電話給王有福時，他正在開會，沈星若說不急，他們可以先隨意轉轉。

再打電話給阮雯和石沁也不湊巧，阮雯出差聽課，石沁請假去吃喜酒，都不在學校。

阮雯是帝都師範畢業的，本校研究所讀完，孩子都有了，便跟著何思越一起回了星城，考進明禮當國文老師，她一向溫柔細心，老師這份工作做得得心應手。

石沁則是托了家裡關係還有王有福的關係，進明禮做行政工作，小日子過得既清閒又舒適，她很滿意。

畢業之後，當初的同學各奔東西，有的遠赴海外，其實很難再重新相聚。

除石沁和阮雯的近況外，沈星若只知道何思越回星城開了一家律師事務所，不過短短幾年，在刑事辯護這一塊已小有名氣；李聽也不知怎麼的進化成了一個女學霸，本校保送研究所，又去國外讀博士，現在還在念書。

李乘帆、趙朗銘難兄難弟仍舊無縫捆綁，李乘帆經歷了一次鬧劇般的閃婚閃離，對象不是34D，而是家裡安排的一個同傳翻譯，兩人個性不合，結婚三個月就簽下離婚協議，緊接著和家裡鬧了一場，現在離家出走，和趙朗銘合夥幹事業，三十多歲的年紀，好像終於對生活有了一些想要努力向上的勇氣，也算是好的跡象。

還有許承洲和陳竹，一向哥倆好的兩人也不知道發生了什麼，莫名攪和到了一起，陸星延調侃說，他們這是千帆過盡發現還是身邊人比較可靠。

其他的，沈星若便未再有任何聯繫。

其實當年一班同學的感情可以算是很好的，畢業的時候大家還說以後要五年聚一次，十年聚一次。

那時坐在KTV裡，大家一起合唱〈乾杯〉和〈笑忘歌〉，還有人唱得淚流滿面。

資訊技術和交通高速發展的時代裡，通訊變成了一件簡單而又觸手可及的事情，不會再有忘記一個號碼就此生難以再見的遺憾，也不會有想見卻因距離遙遠而見不到的人。

可大概就是因為太過簡單，大家都覺得以後總有機會，所以時光不會再退回青蔥歲月，分道揚鑣的人，也很難沿著離開時的路，走回原點。

這樣一想，仍在身邊的人，便顯得更彌足珍貴。

很快又要到一年一度的升學考，他們曾經待過的高三教學大樓又掛起了許多橫幅，遠遠看著，也能感受到其間爭分奪秒的緊張氣氛。

操場上有高一、高二的男生運著籃球，他們青春煥發，笑容張揚，陽光都被映襯得明媚喧囂。

沈星若邊走邊看，忽然不自覺地翹了一下唇角。

一眨眼，竟然已經過去十多年了，可她還記得陸星延當初在籃球場上揮灑汗水的樣子。

少年意氣，總是不可一世。

陸小乖騎在陸星延肩頭，看人打籃球看得起勁，時不時拍一拍小巴掌，還不忘誇誇他爹，「沒有爸爸打得好！」

陸星延聽了自然是得意的，朝沈星若挑了挑眉，「聽見了沒？」

沈星若懶得理他，把陸小乖抱下來，捏著小臉故作嚴肅地問道：「陸小乖，你從哪學來的溜鬚拍馬？」

陸小乖笑得眼睛都彎成了月牙，聲音脆脆的，不以為恥反以為榮大聲道：「報告媽媽，我是和爸爸學的！」

「陸小乖你胡說八道什麼，爸爸怎麼就溜鬚拍馬了？」

陸星延揉著他腦袋，腦袋微偏，笑出了聲。

陸小乖還挺理直氣壯，「你每天都對媽媽溜鬚拍馬！今天出門的時候你還拍馬屁，說媽媽就算穿一個塑膠袋出門都特別好看！哪有人穿塑膠袋會好看的！」

「……」

陸星延一時竟無法反駁，從沈星若手裡再次將陸小乖奪過來，打橫抱著打他屁股。

陸小乖簡直就是個戲精捧場王，不需要任何準備就能無縫銜接投入到每一場戲中，他爹輕輕打他兩下，他就配合地「啊啊啊」大叫，嘴裡還嚷嚷著什麼「父王饒命，母后快救救我！」

沈星若看著父子倆每天都要上演的幼稚戲碼，腦袋隱隱作痛。

帶著小乖在明禮逛了半個多小時，王有福才捧著他的保溫杯一顛一顛跑來。

見到社群上看到多次的小乖本尊，王有福眼睛都笑得瞇成了一條縫，往他的小口袋裡塞紅包。

小乖記著陸星延教的，一口一個「校長爺爺」，喊得特別順口，王有福三兩下便被哄得分不清方向。

今天沈星若和陸星延帶小乖過來，一是為了逛逛母校，二是為了看看王有福，三則想向王有福打聽一下星城各小學的狀況。

學校的事情，王有福自然比他們瞭解得多。在辦公室聊了半個小時，沈星若心裡就差不多有數了。

聊完學校，王有福又想起一件事，邊逗小乖，邊和沈星若說：「對了，我帶的後幾屆班上有個女同學，現在在一個電影雜誌做編輯，妳拍的那個電影不是評價不錯嗎，那小姑娘想採訪妳，拜托到我這來了，我沒答應，就說幫她問問，妳要是方便我就和她說一聲，不方便就算了，不是什麼大事。」

沈星若不太喜歡接受採訪，能拒絕的都拒了，但這小學妹都找到了王有福這層關係，她自然是一口應下。

剛好這個小學妹就在星城，王有福回信，人家聽說沈星若現在在明禮，便火速趕了過來，想要今天就採訪到這位新銳導演的一手資料。

《夏日多情》這部電影拍攝的時候在明禮取了很多景，在明禮的空教室做採訪，倒也很合時宜。

黃昏的教室裡，光束裹著靜止不動的塵埃從窗外投射進來，黑髮被鍍上一層金黃的溫柔弧光，畫面遙遠又安靜。

前面大多都是和電影有關的專業問題，問到後面，才漸漸涉及生活。

小學妹問：「沈導演，這部電影中有沒有哪些部分是現實生活的投射？」

沈星若想了想，答：「其實這部電影一大半都是現實生活的投射。」

小學妹：「方便談談這一大半具體體現在哪個方面嗎？是電影中女主角盛夏的現實生活？」

沈星若：「不，夢境大概更多一點。」

小學妹重複確認了一遍，「您是說，盛夏的夢境更像是您的現實投射？」

她問完，不知想到些什麼，又自顧自點頭，「那在您的現實生活中，Y先生是否真實存在呢。」

「他的原型就是我的先生。」沈星若答得很乾脆。

其實在劇本著手之初，是沒有夢境這一條線的，後來添加的夢境線，幾乎是她迄今為止所有值得反覆懷念的時光的複刻。

有時候午夜夢迴，從陸星延懷中醒來，沈星若經常會產生一種，她所經歷的美好人生都是一場當覺大夢的交錯感。

這部電影真正想要表達的，也正是她潛藏在心底患得患失的恐懼。

小學妹又問：「那在電影的拍攝過程中，有沒有遇到一些難以克服的困難？」

困難自然是有，但沈星若沒有深說，只挑了幾個拍攝難點作答。

其實最難的自然是最開始找投資方，她這種名不見經傳的新人忽然要拍一部電影，拿出來的劇本還是個誰拍誰撲街的文藝片，腦子沒壞的都不會答應。

當然，資本圈裡最不缺有錢不知道往哪花、投資只當玩玩的土豪，接連碰壁後，她開始嘗試著去參加一些拉投資的飯局。

哪成想，第一個飯局她就直接被守株待雀的陸星延拎回了家，晚上伺候了幾個回合，投資就通通到位了。

這件事過去很久了，具體如何沈星若已經記得不太清楚，她只記得陸星延伏在她身上，喘著粗氣威脅質問：「我以前就說過，我會養妳，妳還想找哪個野男人給妳投資？」

讀書的時候，陸星延向她承諾過很多事，那時他的能力有限，對承諾的含義也沒有深刻的認識，答應的事情很難全部做到。

可結婚多年，小乖都六歲了，沈星若仔細回想才發現，陸星延再也不曾對她食言，她所想要的自由，陸星延全都給她了。

採訪結束時小學妹照例問了一個官方問題，問她在拍攝這部電影時最感謝誰。

她毫不猶豫答了三個字，「我先生。」

電影在院線上映是在三個月後，排片很少，也沒有創造什麼票房奇跡。

沈星若和陸星延在某個深夜去看午夜場，影廳裡只有他們兩人，安靜得不像話。

電影片頭一幕是在晴空獵獵驕陽如熾的盛夏，男生和女生穿著短袖坐在雲霄飛車上，垂直急速下降，鏡頭特地拍出了些微的晃動感。

很快，畫面顏色由明媚變黑白，然後呈水波狀微漾，再一點點地被染回來。

伴隨著打字機喀擦喀擦的聲音，螢幕上一個字一個字往外蹦，慢慢列成一行：夏日晴天，風吻過他的側臉。

鏡頭也定格在女生翹起唇角，是陷落在肆意張揚的男生臉上。

整部電影都是陸星延平日看了就能打呵欠的文藝調調，可這一次他卻看得無比認真。

有些片段讓他想起了很多事，那些已經被他遺忘的，他以為沈星若從來不知道的小事。

對陸星延而言，這部電影就好像是一封細膩又漫長的情書，讓他從沈星若的視角，看到了她對那些細枝末節裡的溫暖珍惜得有多小心翼翼。

電影結束時，外面剛下過一場雨，空氣中彌漫著雨後揚塵的味道。

站在人行道的紅綠燈前，兩人手拉著手，恍惚間彷彿回到了多年前升學考結束後的那個十八歲生日，他們就是在那個走入成人世界的紅綠燈口確認了戀愛關係。

在紅燈跳轉的前一秒，陸星延忽然像電影中女主角夢境所想那般，低頭吻住了沈星若。

「沈星若，這不是夢，我愛妳，會一直愛妳。」

番外七　我的家

陸稔知小朋友從有記憶開始，便知道自己過著眾星捧月的生活，可能是因為他太可愛了，身邊所有的人都很喜歡他。

如果非要比出一個高下的話，他覺得最喜歡他的是奶奶和爺爺，要什麼給什麼。其次才是爸爸和媽媽，因為爸爸、媽媽有時候要什麼就不給什麼，壞壞的。他如果要小脾氣不吃飯，媽媽還會真的不讓他吃飯。

可他最喜歡的，還是偶爾會有點凶的媽媽。

媽媽是陸小乖小朋友見過的，長得最漂亮的女孩子，比電視上演戲的明星姐姐還要漂亮。

而且，媽媽總是說一不二，很有威嚴。

爸爸就不行了，爸爸沒有原則，還特別狗腿，每天都要拍媽媽的馬屁。

陸稔知小朋友私底下深深覺得，爸爸拍的已經不能叫馬屁、彩虹屁了，該叫顏料屁，彩虹哪有顏料那麼多姿多彩。

雖然內心對爸爸這種沒有氣節的行為相當鄙視，但陸稔知小朋友為了多存一些私房錢，還是決定昧著良心寫一篇作文，來誇一誇爸爸。

聽說爸爸當年也是靠一篇拍爺爺馬屁的作文，拿到了人生的第一筆鉅款，從而買豪車泡媽媽走上了人生巔峰。

想來，成功的道路是可以複製的。

說幹就幹，某日放學，陸稔知小朋友揹著小書包噔噔噔地回房間，拿出作文本，認認真真開始寫作文。

沈星若覺得他有些反常，到他房間巡視了幾次，也沒發現什麼異樣。

看電視的時候，她邊剝橘子邊看著陸星延，問：「你兒子今天怎麼了？一回家就寫作業。」

陸星延也有些狐疑，「妳確定？不會是在寫情書給小女孩吧？」

沈星若：「我看了，是作文本，家長群組裡也說了，今天的國文作業的確是寫作文。」

兩人對視一眼，都不是很放心，畢竟陸小乖這盞燈可從沒給他們省過電。

於是兩人悄悄的，又輪流找藉口進陸小乖的房間探視了幾個回合，皆未發現異常。

陸小乖小朋友醉心拍馬屁，也沒發現爸爸、媽媽頻繁進出房間的異常。

拍了整整兩百字之後，陸小乖有點拍不動了，他雙手捧臉作思考狀，實在想不到爸爸還有什麼優點。

晚上九點，陸小乖支撐不住趴在書桌上沉沉入睡。

幸好沈星若及時發現，他的口水才沒流到作文紙上。

沈星若將人抱到懷裡，陸星延則拿起他的作文本仔細查看。

陸小乖的作文標題是——我的爸爸。

陸星延回想了一下，家長群組裡說的作文是個半命題，「我的」後面可以任意接詞發揮。

在這麼廣闊的選擇之下，陸小乖竟然寫了我的爸爸，他一瞬間有種受寵若驚飄飄欲仙的感覺。

『我的爸爸長得很高、很帥，免（勉）強可以配得上我的媽媽。』

陸星延：？

好像有哪裡怪怪的。

『我的爸爸是個眼光很好的人，不然也不會認准我的媽媽，死ㄔㄢ（纏）爛打，最後還取（娶）到了我的媽媽。』

前面兩百字大概都是誇獎中帶著一些奇怪的邏輯，陸星延耐著性子往後看。

不看不知道，一看氣到飽。

『唉，爸爸好像沒什麼優點了，誇爸爸真的好辛苦哦，那我們就一起來說說優秀的媽媽吧！』

陸星延：？？？

他已經從那個驚嘆號中看出了陸小乖同志壓抑不住的雀躍和歡喜。

陸星延快崩潰了，乾脆直接跳到最後。

然後陸星延發現，老師規定的四百字陸小乖早就寫完了，他還另外翻了一頁，一直寫到六百字才算把媽媽誇完，最後用了一句「先寫這麼多吧，我的媽媽實在太好啦！」作為結束，還隱隱能感受到筆者的意猶未盡。

整篇作文寫完，陸小乖還換了枝鉛筆在本子最底下小小的寫了一句——『早知道還是應該寫我的媽媽，我的媽媽寫起來快多啦，我多寫了兩百個字，楊老師你可以給我打優秀嗎？我想給我爸爸看，愛你哦！』

他竟然還敢用「愛你哦」來和老師賣萌求優秀，陸星延的頭髮氣得都快要一根根豎起來了，他直接將作文攤到沈星若眼前興師問罪。

沈星若不明所以。

一目十行地看完，她忍不住往上彎了彎唇角。

看著陸星延黑成鍋底的臉，她還問：「有什麼問題嗎？我覺得他的語言表達能力其實還不錯，只是沒有緊扣主題，改成我的父母不就好了，二年級的小朋友，能寫出六百個能讓人看懂的字，已經很優秀了。」

她將小乖寶放進小被子裡，掖好被角，又起身插陸星延刀，「我覺得他用我的爸爸當題目，很有可能是上次聽他爺爺說，你以前在作文裡誇爸爸拿了張卡，你兒子大概是想要零用錢了。」

陸星延的臉又黑了一層。

退出房間後，他忽然從身後抱住沈星若，然後湊到她耳邊，咬著她的耳垂不懷好意道：「都是妳教的好兒子，既然他不肯誇，那妳來誇。」

說著，他就將沈星若打橫抱起，一直抱上了樓。

最後陸小乖小朋友這篇馬屁雖然沒從爸爸那得到私房錢填充小金庫，但陰差陽錯地從媽媽那拿到了一小筆私房錢。

陸小乖小朋友很滿足，攢住私房錢，買了一對音樂盒給爸爸、媽媽當做生日禮物。

陸星延和沈星若收到的時候都感動壞了。

陸小乖小朋友和媽媽的關係一向是很和諧的，但在小學三年級的時候，母子的小船也不小心翻過一次。

那次的起因是陸星延和沈星若都要出差，陸小乖被託付給裴月照顧。

裴月對陸小乖是沒有任何要求的，要什麼就給什麼，陸小乖沒了爸爸、媽媽的束縛，一整個月都撒開了腳丫子玩，跟學校裡高年級的大男孩玩在一起學了些攀比的壞習慣，還偷偷地跟裴月要錢，讓裴月幫忙買這買那。

陸星延和沈星若回來之後，發現陸小乖多了好幾雙名牌球鞋，很貴的溜溜球買了十幾個，還有很多根本用不上，純粹用來攀比的新書包、新衣服、新文具。

打電話去問老師，兩廂比對逼問，甚至還發現他和老師說謊說肚肚痛要請病假，實際是和高年級的大男孩一起蹺課去網咖了。

沈星若生了很大的氣，冷著臉，一言不發將陸小乖多出來的東西全部沒收，然後罰他去面壁思過寫檢討書。

陸小乖平日對自己媽媽還是很乖順的，可這次沈星若說話他竟然都不聽了，坐在地上又哭又喊瞎胡鬧，讓沈星若把他的東西還給他，甚至口不擇言說沈星若是壞女人。

沈星若平日從不動手，這次氣到不行，掰開他的小手掌，狠狠地打了兩下。

陸小乖哭得更大聲了，「我不要妳了，妳這個壞媽媽，我最討厭妳了，我要奶奶，我不要妳！嗚嗚嗚嗚！」

小孩子說話其實都是很傷人的，不會顧及別人的感受，總能輕易戳中痛點。

他邊抽噎邊說：「妳有什麼資格管我，別人家的媽媽哪裡會一個月都不管自己的小孩，嗚嗚嗚嗚，妳自己壞妳自己不負責任！妳還打我！」

沈星若眼睛通紅，指著他對陸星延說：「你現在就把他送到爸媽那去，他不認錯就永遠也別回來了，書也別念了，就待在家裡，現在就送，快點。」

「不用你們送，我自己會去，嗚嗚嗚嗚！」

陸小乖打著嗝，不服氣地邊哭邊往外跑。

他們家也住在落星湖，在二樓還能看見裴月養的孔雀，距離很近。

沈星若沒攔著他往外跑，陸星延倒是一路跟在小短腿的身後，看著裴月把他抱進屋裡才往回走。

一天過去了。

兩天過去了。

很快，一週也過去了。

陸小乖小朋友忐忑地抱著小鯊魚，邊吃飯邊問裴月：「奶奶，媽媽是不是真的不要我了呀。」

「怎麼會呢。」裴月揉了揉小孫孫的腦袋，又去點他的鼻子，「媽媽是最喜歡我們小乖的，怎麼會不要小乖，但這次是不是我們小乖做錯了？小乖是不是要和媽媽認錯呢？」

陸小乖鼓起腮幫子，有些煩惱。

恰巧這時，陸星延過來了。

陸小乖差一點就跳下沙發直接撲了過去，可最後還是矜持地按著沙發邊緣，只小心翼翼地喊了聲：「爸爸。」

爸爸很冷漠，「嗯」了一聲就沒再理他。

他時不時偷覷爸爸一眼，心裡越來越忐忑不安。

陸星延過來拿了點東西就打算走了，陸小乖再也忍不住，搖搖晃晃跑上前，抱住他的一條大腿，淚眼婆娑地問道：「爸爸，你和媽媽是不是不要我了呀？」

陸星延低頭看了他好一會兒，沒忍住，將陸小乖的小胳膊小腿拉開，然後又將人抱起來。

「是不是你先說不要爸爸、媽媽的？媽媽很傷心你知不知道？」

陸小乖委屈地看著他，默不作聲。

「你跑回來媽媽就哭了，你什麼時候見媽媽哭過？你說，你是不是傷媽媽的心了？」陸星延揉他的腦袋，「還記得爸爸以前跟你說過什麼嗎？媽媽是家裡唯一的女孩子，是小公主對不對，你都沒有保護小公主，還讓小公主傷心了，那爸爸是不是也很傷心？」

陸小乖啪嗒啪嗒地掉金豆豆，不住點頭，「爸爸我錯了，你帶我回家看媽媽好不好！」

陸星延拍了拍他的背，「那和媽媽認錯，保證以後再也不說謊，不和別的小朋友比誰有錢，能不能做到？」

「嗯嗯，爸爸我會的！」

陸小乖連忙點頭，還「啪嘰」親了陸星延一口。

陸小乖「離家出走」的一週，沈星若沒表現出什麼異樣，就當是沒這個兒子般，每天該幹什麼就幹什麼，但她整個人不知不覺瘦了一圈。

在教育小孩子這件事上，沈星若感受到了前所未有的挫敗。

她很矛盾，每天心不在焉地盼望著小魔星自己乖乖回來認錯，又克制不住地想去看看他、無條件地包容他，覺得自己才是所有錯誤的罪魁禍首。

好幾個晚上，她都會半夜驚醒，然後走到窗臺上，望著裴月陸山住的那棟房子。

白天她出去見了阮雯。

兩人都是有小孩的人，如今聊天的話題大多也是圍繞孩子。

阮雯和何思越家的小朋友現在已經讀五年級了，在學校裡也是和何思越一樣的出類拔萃，從小學一年級開始就是班長，今年還拿了市長獎，是個標準的模範生，說出來那是一等一的優秀。

但阮雯也不是沒有苦惱，她家小朋友優秀是優秀，但就是太早熟了一點，才五年級竟然就談起了戀愛。

她完全不知道該怎麼處理，何思越也是傻眼的。

兩人苦口婆心和小朋友說道理，小朋友還嫌他們囉哩吧嗦思想陳舊，說自己談戀愛也沒耽誤課業，讓他們少操心。

兩人也不能打罵，心想著萬一激起了叛逆心可不好，這事就這麼晾著，一時沒找到什麼好的解決辦法，也不敢拿出來和別人說，只敢和沈星若小聲討論一下。

沈星若也沒幫她想到什麼好的辦法，但知道大家養孩子都不容易之後，心裡的焦躁倒是稍稍緩解了一些。

她回家的時候，陸星延還沒回來。

她正打算打開電腦寫影評帳號的稿子，忽然屋外傳來熟悉的跑車聲響，沒多久陸星延就進到屋裡來了。

他手裡搬著一個很大的禮物盒，東西好像還挺重，他往客廳一放，先去喝了口水，然後隨口道：「妳這幾天心情不好，我訂了個禮物給妳，妳打開看看。」

沈星若起身，往客廳走，「什麼東西？」

陸星延光顧著喝水，沒有回答。

她隨手扯開上面的蝴蝶結，卻發現旁邊還有繩結，於是半蹲下來細細解開。

禮物盒的蓋子打開後，她感覺眼前一晃，一個披著魔法小斗篷，腦袋上還戴著小尖帽的小朋友忽然起身，兩隻小手抱住她的脖頸，整個人都往她身上蹦。

「媽媽！我愛你！」

沈星若怔了幾秒，小乖已經啪嘰啪嘰在她臉上糊了一臉的口水。

他腦袋上的小尖帽沒有戴得很緊，動作大幅度晃了晃，已經倒到了後面，頭髮亂蓬蓬的，整個人就是一個小瘋子。

見沈星若還沒反應過來，小乖賴在她懷裡，又是撒嬌又是認錯。

「媽媽，我錯了，都是我不好，我以後再也不亂花錢，再也不和老師說謊了。」

「媽媽我已經和楊老師打了電話，楊老師已經原諒我了。媽媽妳也原諒我好不好，妳是天底下最好的媽媽，我最喜歡妳了！」

他現在長大了不少，說好聽的話也會有點害羞了，聲音小小的，還會往她懷裡躲。

那一瞬間，沈星若感覺自己的心軟得一塌糊塗，她抱著陸小乖，不知怎麼回事，眼淚不住地往下流。

陸星延偏頭看著她，笑了。

然後半蹲下來，拿著紙巾，幫她擦眼淚。

「媽媽也愛你，是媽媽不好，媽媽以後也不會一下子離開你這麼久了，好不好。」

沈星若的聲音有點哽咽。

陸小乖也忍不住扁了嘴，邊點頭，邊小聲抽噎。

陸星延將兩人抱進懷裡，調侃道：「行了，陸小乖我和你說過什麼，讓你小心捧著蛋糕，剛剛見著媽媽一下子就躥出來，蛋糕都被你碰壞了。」

陸小乖露出一雙小兔子般的紅眼睛，「爸爸對不起，我不是故意的，那我們晚上吃什麼呀？」

沈星若親了親他，「媽媽煮麵給你吃好不好？」

陸小乖猶豫地點了點頭。

陸星延笑出聲，「好了，你別毒害他。」

他一把抱起陸小乖，又拉起沈星若的手，「走，我們出去吃大餐。」

陸小乖眼睛亮了亮，立刻歡呼起來。

很晚的時候，陸小乖躺在大床中間熟睡，陸星延在浴室幫沈星若貼眼膜。

「妳說妳哭什麼，以前都沒見妳哭過兩次。」他細心地用無名指按了按，又扯開另外一片，

「我記得妳懷他的時候就挺敏感多思，多愁善感的，欸，妳是不是又懷了？」

陸星延本來只是隨口一說，沈星若卻電光火石間想起自己生理期好像已經遲了一週沒來。

她睜眼，盯著陸星延。

陸星延被盯得毛毛的，遲疑地反問道：「不，不會是真的吧。」

沈星若想起前幾天她在路邊接了本婦產科醫院的小廣告雜誌搧風，回來才發現裡面夾了驗孕試紙。

她很快跑出去翻到那試紙，測了一下。

——真的懷了。

兩人回到床上，躺在陸小乖的左右兩邊，都還有點回不過神。

半晌，陸星延忍不住伸手，去摸了摸她的肚子，「妳說這次是不是個女孩？」

沈星若：「試紙不一定准。」

陸星延：「明天去醫院查……不過我覺得，肯定是真的懷了。」

其實沈星若也是這麼覺得。

忽然，陸小乖揉了揉眼睛，迷迷糊糊地問：「媽媽，妳有小妹妹了嗎？」

陸星延捏住他鼻子，「你喜歡小妹妹？」

陸小乖點點頭，「那我們家就多了一個小公主了。」

說完，他又補充，「但是弟弟也可以，媽媽生的我都喜歡。」

沈星若和陸星延不約而同對視一眼，又笑。

窗外月色靜謐，微風順著開了縫隙的窗送來花草木香，鵝卵石鋪就的小道兩旁，英式庭院路燈還像很多年前沈星若剛走進落星湖時那樣，散發著暖黃的光暈。

那時沈星若並不知道，這會是她永遠的家。

他們一家三口，帶著待在肚子裡沒有長成的第四口擁抱在一起，緩緩入睡。

華枝春滿，天心月圓，不過如此。

——番外完——

高寶書版集團
gobooks.com.tw

YH 077
草莓印（04）

作　　者　不止是顆菜
責任編輯　吳培禎
封面設計　陳采瑩
內頁排版　賴姵均
企　　劃　鍾惠鈞

發 行 人　朱凱蕾
出　　版　英屬維京群島商高寶國際有限公司台灣分公司
　　　　　Global Group Holdings, Ltd.
地　　址　台北市內湖區洲子街88號3樓
網　　址　gobooks.com.tw
電　　話　(02) 27992788
電　　郵　readers@gobooks.com.tw（讀者服務部）
傳　　真　出版部(02) 27990909　行銷部 (02) 27993088
郵政劃撥　19394552
戶　　名　英屬維京群島商高寶國際有限公司台灣分公司
發　　行　英屬維京群島商高寶國際有限公司台灣分公司
初　　版　2022年3月

本著作物《草莓印》，作者：不止是顆菜，由北京晉江原創網絡科技有限公司授權出版。

國家圖書館出版品預行編目(CIP)資料

草莓印 / 不止是顆菜著著. -- 初版. -- 臺北市：英屬維京群島商高寶國際有限公司臺灣分公司, 2022.03
冊；　公分. --

ISBN 978-986-506-347-4(第1冊：平裝). --
ISBN 978-986-506-348-1(第2冊：平裝). --
ISBN 978-986-506-367-2(第3冊：平裝). --
ISBN 978-986-506-368-9(第4冊：平裝)

857.7　　111000668

GOBOOKS
& SITAK
GROUP©